·全民微阅读系列·

披着狼皮的羊

马立坤 著

江西高校出版社

图书在版编目（CIP）数据

披着狼皮的羊 / 马立坤著. — 南昌：江西高校出版社，2017.3（2021.1重印）
（全民微阅读系列）
ISBN 978-7-5493-5152-7

Ⅰ. ①披… Ⅱ. ①马… Ⅲ. ①小小说—小说集—中国—当代 Ⅳ. ①I247.82

中国版本图书馆CIP数据核字（2017）第040646号

出版发行	江西高校出版社
社　　址	江西省南昌市洪都北大道96号
总编室电话	（0791）88504319
销售电话	（0791）88592590
网　　址	www.juacp.com
印　　刷	永清县晔盛亚胶印有限公司
经　　销	全国新华书店
开　　本	700mm×1000mm 1/16
印　　张	14
字　　数	160千字
版　　次	2017年3月第1版 2021年1月第2次印刷
书　　号	ISBN 978-7-5493-5152-7
定　　价	45.00元

赣版权登字 -07-2017-166

版权所有　侵权必究

图书若有印装问题，请随时向本社印制部(0791-88513257)退换

目录

第一辑　模仿秀 / 1

还钱 / 1
模仿秀 / 5
局长有家丑 / 8
传家宝 / 12
菜殇 / 15
局长给我送礼 / 19
领导来了 / 22
垂直打击 / 25
CSER / 28
男人三十六 / 32
锅滚豆腐 / 35

第二辑　第九个是包子 / 39

你看我一眼我就给你让座儿 / 39
最远的你是我最近的爱 / 42
三十年后再相会 / 46
掩耳盗铃新编 / 50
第九个是包子 / 53

拜年 / 57

搬家 / 60

老白干 / 63

堂舅张良 / 66

捐不出去的钱 / 70

第三辑　紫光迷情 / 74

女左男右 / 74

诱惑葡萄 / 78

紫光迷情 / 82

失落的钻石 / 86

倒数第一个清晨的情事 / 89

鹅和鹅的爱情 / 91

乘着想象的翅膀 / 94

空中飞过一只黑鸟 / 97

公交车上 / 100

黑月亮 / 103

第四辑　阿尔茨海默之旅 / 106

披着狼皮的羊 / 106

阿尔茨海默之旅 / 110

退休倒计时 / 113

黑狗和白狗 / 116

原始股 / 119

扎根进城 / 123

防贼 / 126

领导请听我解释 / 127

买车记 / 130

学习机 / 133

第五辑　披着羊皮的羊 / 136

一张烈属证 / 136

披着羊皮的羊 / 139

学友自远方来 / 142

老陈的心愿 / 146

修电视的大顺子 / 149

三跳 / 153

房惑 / 156

人生休止符 / 160

会计小营 / 163

姚先生 / 166

第六辑　诱惑 / 170

披着羊皮的狼 / 170

诱惑 / 174

医术 / 176

跑学 / 179

砍树 / 183

披着狼皮的狼 / 186

咱家还有多少钱 / 189

我要你哭 / 192

履历表 / 195

第七辑　两袖清风 / 198

巡抚来了
　　——魏允贞传奇系列小小说之一 / 199

夜半捉鬼
　　——魏允贞传奇系列小小说之二 / 202

雨中送草
　　——魏允贞传奇系列小小说之三 / 206

赵氏回乡
　　——魏允贞传奇系列小小说之四 / 208

中秋夜话
　　——魏允贞传奇系列小小说之五 / 212

枣林官司
　　——魏允贞传奇系列小小说之六 / 215

第一辑　模仿秀

　　导读：老管无意中窥到局长老婆与人私会，酒后忍不住打电话透露给好友，后来发现当时竟然误打了局长的电话。意思是他把局长的家丑打电话告诉了局长，这下有好戏看了。后来老管因在岗位上睡觉被调离，老管工作上开始三天打鱼两天晒网，最后被末位淘汰。老管认为这肯定是局长对他打击报复。一个偶然的机会，他从另一个好友处得到一个意想不到的结果。

还　钱

　　世上只有借钱难，"我"竟然遇见了还钱难。"我"有困难时借了同学的钱，等钱一攒够，就马上还钱，却三番五次被同学拒绝。难道是同学想借此贿赂"我"？还是有其他隐情？

披着狼皮的羊

我和老婆扒拉了半天指头，还是缺两万块钱。

我建议老婆想想办法。老婆却建议我想想办法。

借钱毕竟不是给钱，破脸的事谁都打怵。可我知道，我伸手借钱，就不单是借钱这么简单的事了，但老婆和周围人经常硝烟弥漫。更重要的是：钱必须得借。等有钱的时候就没有机会了。

争执无果。按照家庭惯例，好事老婆上，陋事自己上。

我想到了一个同学洪玺。

我给他打电话，向他借两万块钱。没想到，他竟然痛快地答应了。第二天钱就到账了。我和老婆感激得不行，恨不得把洪玺给烧香供起来。

这笔钱不多，却给我们解决了大问题。等钱一攒够，我们立马就想到还钱。

我给洪玺打电话，感谢的话肯定是要说的，然后直切主题，我们决定还年前借你的两万块钱，是给你汇过去，还是……？

洪玺犹豫了一下，没事，你先用吧，我手头暂时不缺钱，以后再说。

好借好还，再借不难，我们确实不用了，以后需要了再向你借。

哦，那，那就当作我在你那里暂存的，需要了我再向你要。

听语气，我不好再坚持。回过头来我直埋怨老婆，我就说我不敢借钱吧，现在可好，骑虎难下了吧。

老婆也不示弱，还不是你说和洪玺是至交，不会有这种利益关系吗？

第一辑 模仿秀

我无语。

我们把这笔钱锁进了大衣柜,以便随时提醒自己还钱。

隔了几天,我又给洪玺打电话,说还钱的事。问是汇过去,还是我给你送过去?

他说,千万别这样,需要了我给你联系。

好像是我要借给他钱一样。

有些不对劲,我感觉这已经超出了借钱还钱的关系。如果他有事求我,我就有以借钱的名义索取贿赂的嫌疑。以后,我该怎么站在同学面前啊!

可,反过来一想,洪玺也不应该这样啊!把我当成什么人了?

我越想越不对劲,不行,这笔钱一定要还,还得尽早还。一天不还,我就一天不平静。

我决定亲自给他送去。

一个阳光明媚的日子,我怀揣着两沓苯钱踏上了还钱的征程。

在他办公楼下,我给他打电话,我说我要还钱,是给你汇过去,还是亲自给你送过去?

他又说,千万别这样,需要了我和你联系。

我说我又不是来催你还钱的,是我要还钱给你啊,兄弟。我现在就在你们办公楼下,你下来一趟吧。看你还有啥话说。

他愣了一下,哦,是这样,我,我在外地啊!以后有机会吧。电话里响起了忙音。

一连几次,我想尽了办法,也没有找到还钱的机会。

披着狼皮的羊

看来，我是入了他的瓮了。

我现在所处的地位，虽然是练就了铁布衫，能洁身自好，但这个度是很难把握的，一不小心就会落入圈套。难哪！有时想起那些犯错误的同志，还真有点理解他们。促使你犯错误的人是无孔不入。

当然，我不是埋怨洪玺。虽世风日下，但适者生存。

一晃一年过去了，洪玺的钱一直放在我的大衣柜里，成了烫手山芋。这更刺激了我愈挫愈勇的神经。我也相信，机会总会来的。不过，这一年间，洪玺确实没有求我办过事，从有借钱这件事后，他就没有给我主动打过电话。

转眼到了秋季。我们接到了参加母校校庆的通知。

我在同学集会上见到了洪玺。

我特意和他坐在了一起。酒至半醺，我趁着酒劲，当着几个同学的面从口袋掏出了两沓钱，半开玩笑说，这是我一年前从洪玺那里借的两万块钱。今天我要大家给我做个证，我把这笔钱还给了洪玺……

为使局面不至于尴尬，我解释道，因为各种原因，我借的钱一直没有机会还，今天正好见面，是个机会。

洪玺满面红光，伸手接过了钱，迭声说谢谢谢谢！然后叹了口气，你还了几次钱，我都不敢要，开始是组织上正在考察我，我这时收到一笔钱，即使是说别人还的，谁会相信呢。后来我升了审判庭副庭长，感觉身边到处都是眼睛，就更是严格自律，所以你用什么方式还钱，我都不敢接。今天，感谢你用这种方式还钱，一是解了我眼前的困难，二是收到了欠款，也给媳妇有个

第一辑　模仿秀

交代。

我也把自己还钱的经历讲了一遍。

这时，我们的老班主任彭老师端着酒杯走了过来，大声说，我平日不喝酒，但今天这杯酒我必须得喝，我为有这样的学生而自豪，来，干了。

不知是谁，带头鼓起了掌。

模仿秀

一起事故，几名矿工被困在巷道里。为了打发寂寞时光，工友小管模仿了以往事故后几位领导的讲话。得救后，他们惊讶地发现，领导们在电视上的讲话竟然与小管模仿的几乎一字不差。

下面欢迎王局长讲话。

噼里啪啦的掌声过后，上级主管领导王局长浑厚而略带沙哑的男中音响起：

我怀着沉重的心情向事故中被困人员的家属表示慰问！同时也向参与救援的各级单位和人员表示诚挚的谢意！这次事故的教训是深刻的，为我们的安全管理工作敲响了警钟。经查实，该单位制度是完善的，检查也是到位的，为什么还会出现这样重大的事故？一句话，我们的一些同志将安全仅仅停留在了口头上，停留在了表面上。一个本可以避免的事故，因为安全意识这根弦没

披着狼皮的羊

有时刻紧绷，就出事了，给企业造成的损失是巨大的，给受害者家庭带来的伤害却是永久的，无法弥补的……

小管几乎能把所有上级领导的声音模仿出来，且惟妙惟肖，被工友称为"六班的活八哥"。为了度过难熬的时光，为了不让大家闲下来产生绝望的念头，带班的周师傅提议小管来个现场表演。

不过瘾，再来一个。

安检局方局长语调较高，很有鼓动性：

非常不好意思啊！我坐在这里，脸上一直火辣辣的。在安全方面，我们曾经下了很大的力气来整治，将我市的企业根据生产经营特点划分了不同的安全等级，并制订了相应的管理措施，也起到了良好的效果。本来是一个三年没有出过任何事故的安全典型，本来是今年要大力宣传的安全学习标兵，新年刚开始，这个榜样就出事了，还出了这么大的事。看来，安全管理是不能表扬的，一表扬就要出事。我感觉脸上重重地挨了一耳光……

一阵更热烈的掌声在黑暗中回荡。凭直觉，十二名工友已经被困一天一夜了。幸亏准备充分，他们所带的水和食物也足够坚持三五天。巷道预留的通气孔起了关键作用。按以往的经验，最多两天后，他们就可以获救。尽管如此，恐惧感还是笼罩着每个人的心。只是大家都不敢也不想说出来而已。

主抓安全的孙副县长，嗓音有点细，地方口音较重：

这起事故的发生绝非偶然，只要我们还有一丝侥幸，存在一点疏忽，事故就会成为必然，但是，通过本次事故，也体现了我县安全事故应急预案的重要性，从事故的发

第一辑 模仿秀

生到上报,到组织救援,到控制局面,各个部门各司其职,有条不紊,将事故的灾害控制在了最低程度……

"讲话"完毕,掌声震荡波穿梭了几个来回后,最后只剩下滴水溅到水面上的叮咚声。

咳!每次出事,领导都是不疼不痒地发表一番演说,无非是自己怎么重视,别人怎么忽视,没有一个领导为事故承担责任,老板也是事后被不疼不痒地处罚一下了事。难道都是我们这些遇难者的责任吗?仰躺在一旁的小武有点恼火。

老周说,如果谁承担了责任,就会被免职,被处理,领导们也是被吓怕了。

黑暗里传出小杨愤愤的声音,几条人命都没有他们的官帽值钱!

十二个工友越说越气。都死一回了,还怕个头!最后大家一致认为,出气的机会到了。按照惯例,发生了事故,只要是救出人的,肯定是电视直播。以往被救工友出去的第一句话都是:我们今天能得救,主要得感谢各级领导的关怀……

瞎扯!领导关怀?领导是怕事后担责任才去关怀的。谁不知道,老板是某副县长的小舅子。为了应付上级检查,老板借来安全设施,后又归还,才酿成这次悲剧。小管以 11∶1 的投票结果接受了将这个事实真相大白于天下的光荣而艰巨的任务。

小管练习了三遍,自然是流利顺畅,正气凛然。

三天后,十二个人得救了。电视上回放了整个救援过程。

披着狼皮的羊

事故分析会上，王局长讲话：

我怀着沉重的心情向事故中被困人员的家属表示慰问！同时也向参与救援的各级单位和人员表示诚挚的谢意！这次事故的教训是深刻的……

坐在电视机前的十二个人都惊呆了，王局长的讲话简直就是小管的翻版，分不清王局长是小管的模仿秀，还是小管是王局长的模仿秀。更令人惊奇的是，接下来安检局方局长和主抓安全的孙副县长的讲话和小管当时模仿的简直就是一字不差，仿佛播放的是小管的录音。

画面上显示，小管第一个被蒙上眼睛拉了出来。记者把话筒递到小管嘴前，请小管说一下现在的心情。

小管说，我们今天能得救，主要得感谢各级领导的关怀……

局长有家丑

老管揭局长的家丑，却误打了局长的电话，老管的人生路骤然直下。老管干脆破罐破摔，最后被单位末位淘汰。一个偶然的机会，老管发现，根本就不是那回事……

喂，老徐，是老徐吗？
你是哪位？

第一辑　模仿秀

这货，连我的声音都听不出来了，喝多了吧？呵呵，我倒是喝了点酒，不多，还行。和几个朋友去耍了，刚回来。你声音怎么有点沙哑，感冒了？

咳，我——

别浪费电话费啊，老徐，给你说点事，咱直入正题。你知道吗？你知道我今天碰见谁了，在我们经常吃饭的百味饭店，让你猜你肯定猜不出来。今天真倒霉，我今天遇见了局长夫人和咱们单位的"死面团"，那么偏僻的地儿亏他们也能找到。一看那关系就不一般，还拉了手呢。老徐你说，局长夫人也算是长得不错的哦，家庭条件也好，咋也会那样呢，关键是还找的是整天半死不活的"死面团"，不理解。估计是干渴啊，说明咱局长有大问题了。老徐，我这话只给你说了啊，千万不要外传，要不，我就死定了。老徐，你瞌睡了？好吧，早点睡吧，明天还得上班。

老管打完电话，竟然不瞌睡了，坐在被窝里，思前想后，脑袋里一直闪现着今天那个场景：局长夫人和"死面团"在拉手。

第二天是周末，老管赖在被窝不出来，任凭老婆在餐厅叫。

一个电话把老管给惊醒了。等老管趿拉着鞋走出卧室时，手机已经在老婆手里了。

是一个打错的电话。老婆有点不高兴地问，是不是对方一听是我的声音就说打错了？

男的女的啊？

如今还能从电话里听出男女啊？不是有变声器吗？

9

披着狼皮的羊

想要什么声音都成。哎,我说老管,你现在可以了,竟然还和老板直接通电话呢,嗯,俺家老管有本事了,有希望了。说着,犀利的眼光就满是柔和了。

老管啐了一口,净瞎说,我要是有这机会,还会混成这样吗?

老管拿过老婆递过的电话,一看通话记录,头一下懵了。老婆用手在老管眼前晃了晃,你没事吧老管,咋啦?

这下去球啦!

老管的老板,就是他们局长,名字叫徐泽良,老管的一个好朋友叫徐泽利。老管昨晚趁着酒劲给好友徐泽利打电话,结果错按了局长徐泽良的电话。关键是他把局长的家丑直接告诉了局长。

接下来的结果预计有两种,一是局长为了掩饰丑闻,给老管抽上去堵嘴;二是局长恼羞成怒,给老管小鞋穿。这是明摆着嘛。

第一次在人生十字路口徘徊的老管,给自己平凡而简单的人生路抹上了色彩,也许是黑,也许是红。

一夜无眠。

有时,又是一夜无眠。

正当老管心里一浪又一浪地波动时,一纸看似很普通的调令改变了老管的命运。老管从科室管理岗位到了行政勤杂岗位。理由很简单,上级领导到局里检查工作,老管竟然趴在电脑旁边睡着了,并且电脑画面还显示有不健康的内容。

局长面对这样的选择题,答案很明确,也很痛快。

老管不干了,凭自己是老资格,他要找局长说个清

第一辑 模仿秀

楚，甚至要破罐破摔，把那件事拿出来说道说道，变被动为主动，即使没有效果，也要恶心你一下。

局长出差了。局长当然不会因为他的事故意出差，因为老板对于他的处理是理直气壮，并且义正词严。不过，局长临走也放话了，以后看老管的表现。

还表现个屁。这本来就是一个屁大的事，上岗睡觉的人多了，为什么就抓我一个？不就是我知道了不该知道的嘛。按照眼前的情况和局长的年龄，自己再想向上走，或者等换了领导赶机会，可能性已经微乎其微了。他就逐渐把自己的外壳褪掉，开始变隐身人了，平时在班上很难见到人，领导安排的工作实在脱不开了才动一下。气得科长没少在会上会后嘀咕这事。

老管说这能怨我吗？

半年后，老管被末位淘汰了。

老管说这不都怨领导吗？

不过，老管还是坚守着社会公德，除了把那次偶遇误打电话"通知"了局长，其他任何人都没有说过，包括自己老婆。

在一个午后，老管和经常在外漂泊的死党焦三趁着还算明媚的阳光喝茶。

焦三很疑惑，说老管你最近萎靡了啊！老婆跟人跑了，还是钱被骗了？

焦三紧追不舍，肯定是工作上的事，早有耳闻，老管，你们老板是我哥儿们啊，原来跟你说过，你不信这个邪。凭咱俩的关系，你的事就是我的事。来，我给他打个电话，咳，我手机没电了，你存徐泽良的号了吗？我说老管，

披着狼皮的羊

你也忒落伍了吧，他这个号早在一年前就不用了，你怎么还存着啊？

传家宝

某实权单位有一个惯例，局长在参加劳动时必须穿一件老粗布旧衬衣，一任传一任。这个单位自成立以来从未出现过腐败现象。一天，新局长发现，这件衬衣后背汗水洇湿的印迹竟然是一个字。

那天刚上班，我突然接到一个紧急会议的通知……

组织部长宣读完任命文件，握住我的手，意味深长地说："老王，按老百姓的话说，这是实权单位，但也是我市成立以来唯一一家没有出过任何腐败案件的单位，把你从县里调上来，是组织经过再三考虑才决定的，也是上级对你的信任。"

前任局长与我交接完工作，最后郑重地从简易衣柜取出一件衬衣，双手递给我："王局，这是我局第一任局长留下来的传家宝，他是老红军。按照常规，每次参加体力劳动，记得要穿哦。"

月底最后一天是局里打扫卫生的日子。我取出那件衬衣，有一股淡淡的肥皂味，料子是早年的老粗布，由于经历了多次水洗，依稀能认出这曾是一件蓝衬衣。我试着穿在身上，竟像为我量身定做的一样。

第一辑　模仿秀

当我穿着这件衬衣出现在卫生区时，现场响起了掌声。

我微微笑了笑。我知道这是全局干部员工对我的承认和认可，或许这掌声里还有其他意思呢，我习惯了。

九点半打扫完卫生，我还要赶市委十点钟的一个会议。路不远，我谢绝了办公室主任安排的车，决定步行过去。

半路，忽然感觉有些异样，回头见两个学生模样的人在我背后指指点点。我才发现，刚才走得匆忙，忘了换衣服。劳动时出的汗，经风一吹，浑身凉丝丝的。

这件衣服太招眼了，一路上经受了不少异样的眼光。我的腰杆使劲挺了挺。

会议快结束时，我感觉浑身酸疼，摸了摸额头，发烧。为了不影响下午的工作，我直接去了就近的一家医院。

漂亮的小护士一边扎针，一边问："您是XX局的局长吧？"

我张大了的嘴还没合上，小护士接着说："您穿的衣服告诉了我。"

我坐在输液大厅，大脑并没有被熙熙攘攘的人群搅扰，上任一个月来各种事情历历在目。就拿眼前来说吧。在原单位别说我是班子成员，就是担任中层干部时，只要我有点头疼脑热，手下人比我反应还快，送医院，挂号，输液，都会有人安排得井井有条。如果在输液室待上一小时，就会有人陪护一小时。虽然心烦，但后来也习惯了。我坚持的原则就是：费用必须自己掏。

我百无聊赖地翻了下微信通讯录，同学王锁的名字出现在眼前。我俩从小学到高中都在一个班，后来考上

13

披着狼皮的羊

了不同的大学。他爹是个见过世面的人，经常激励我们，说一个本家叔在市里当大官，很有本事，家里有一间房子放的都是高级物品，你们以后要向人家学习。后来那本家叔出了事，王锁的父亲就再也不提这事了。

再后来就到了去年，王锁被双规。他爹娘在他被带走的两个月内先后去世。我在老家路过他家的院子时，看到红砖绿瓦杂草丛生的大院子，平生失落。

输液两个小时，中间除了办公室主任打电话通知一个会议，随口问了下我的病情，就再没有接到其他电话，更没有一个人来探视。

第一次是新鲜劲，后来参加劳动，当我拿起这件衬衣时，心口就有点堵，参加劳动特意穿上一件旧衬衣，这个时代难道需要作秀吗？但一想起前任的嘱托和局里的传统，我还是硬着头皮穿上了。

一天傍晚，老关的来访让我意外而兴奋，我参加完劳动顾不上换衣服就匆忙往家赶。我俩上学时住上下铺，同吃一碗菜，毕业后就失去了联系。我按最高规格设家宴招待他，并亲自下厨。

我俩忆苦思甜，时而大笑，时而唏嘘，黑白人生，随着一杯杯酒下肚变得绚丽起来。

那天，我破天荒哭了，我说我当一个破局长，别看人前人后挺风光，也被不少同学和老乡羡慕。你看我这家徒四壁，人家的孩子又是出国，又是贵族学校，我们的孩子从小学到中学只能就近入学，小姨子家里前几天出了事，我们倾其所有帮助他们，现在我们却为女儿上大学需要两万块钱的学费发愁，这在小区旁开个小卖部

第一辑 模仿秀

也不至如此啊，我真不知道自己能坚持多久，不像你自由创业，事业有成，无拘无束。

老婆在旁也抹起了眼泪。

老关翻开皮包，豪爽地拿出一沓钱，说，来，你们先用着，有了就还，没有就不用还，咱俩谁跟谁啊！

面对突如其来的雪中送炭，我大脑一片空白，在酒精的作用下，脖子不受控制地扭动着，想摆脱什么，可又力不从心。

目光扫过墙上的一副行草"平安是福"，字体遒劲豪迈，力透纸背，那是当了一辈子穷教师的父亲在我走上领导岗位时特意为我写的。

目光又扫过刚刚在厨房被汗液浸透挂在衣架上的那件衬衣，我愣了，只见衬衣后背汗水洇湿的印迹分明形成了一个"囚"字。

我激灵了一下，手下意识地做了一个推的动作。

菜 殇

上级组织菜农学习班，却被乡里流于形式，派了一帮经营 QQ 农场的网民参加，临行前，他们却都接到同一个女人的电话，这个电话导致了一名同事被取消了学习资格。

如评选世上最刺耳的声音，莫过于把你从梦中惊醒

披着狼皮的羊

的电话铃声。

我正享此遭遇。

听对方一声"喂",我赶紧捂住了话筒。是个女人甜美的声音。

您是马先生吗?

是啊。

一大早就打搅您,不好意思,请问您种菜了吗?

对。电影《手机》没有白看,我知道该怎样应答。

您种什么菜?

"菜友"一早就来探讨种菜,还是个女的,可真不是时候。

都是家常菜。

有多大规模?

我的自留地全部种上了。心说,我都练到38级了。

我无法辨认声音,但也不好意思问是谁。不过,她加我好友才能偷我的菜,我的QQ设置了必须经我同意才能加我好友。我不怕透露自己的家底。

我当了二十来年农民,种菜收麦的辛苦样样都体验过。我通过努力学习,早已逃离了面朝黄土背朝天的生活,甚至对种地有点深恶痛绝了。我玩QQ农场纯粹是替儿子经营的,不累,还可以忆苦思甜。网络真是个令人困惑和惊喜的东西。

惊醒的老婆一再追问是谁,我解释了半天也没解释清楚。我自己都迷糊。

两天后,我和同事出差。几个人会合后,发现独独少了老孙。我打电话问情况,他说刚接到领导电话,说

第一辑　模仿秀

不让他去了，正郁闷呢。

候车室等车期间，我们五个人闲聊。政府办的小赵说前两天我接到一个神秘女人的电话，问我是不是种菜了？我说当然种菜了，但没敢说上班时间种菜的事，怕她是领导的密探呢。这下引起了话题。计生办的老五，财政所的小管，党委办的小曹全部接到了同样的电话。

一路上，那甜美的声音和有关种菜，成了大家谈论的话题，我们还玩了个通过声音猜测那女孩长相的小游戏，看谁的描述能赢得大家的赞同，带给我们无尽的想象。虽然我们都在一个办公楼办公，但平日各忙各的，交流的机会并不多，大家发自内心的感谢领导提供了这次机会。进而探讨一下种菜升级的经验，旅途不显寂寞，心理上的距离也拉近了。意犹未尽时，车到站了。

我们的目的地在上海郊区，地图上的位置离苏州的周庄不远。按照会议安排，我们在那里即将学习三天，其余时间自行安排。

第一天上课。首先走上主席台的是活动主办方主持人，典型的江南美女。前排本来空着的位置立马被几个男生挤满了，一开始主动坐在后排的一帮人肠子都悔青了，把头使劲地向前探，以拉近和美女的距离。

主持人说，欢迎大家到"东部地区第六届种菜技术培训班"学习，为提高我国东部地区菜农的技术水平，增加蔬菜的附加值，我们已经成功举办了五届培训班……

下面有人开始起哄，有的还吹起了口哨。不单是为了引起美女的注意，大家和我一样，都是刚知道这次学

披着狼皮的羊

习的内容。

老五说，美女的声音很熟悉。我调侃道，你对任何美女都熟悉。他严肃地说，这次是真的。他的说法很快得到了大家的认同，她，就是启程前给我们打电话的那个美女。

美女长得漂亮，声音也甜：本培训班属于公益活动，为防止弄虚作假，被个别单位流于形式，我专门对在座的各位进行了电话核实，以保证来参加培训的都是真正的菜农朋友，起到提高种菜技术的目的。

我知道老孙为什么被取消资格了。他连电脑都不摸，也就不会经营QQ农场，更不会误打误撞经受住验证。

三天后，我们和新结识的"新同学"一起领略了苏州园林和江南水乡的美景，操各种方言的红男绿女从不认识到认识，再到相互留电话，一路说说笑笑，感慨不已，真正体验了一把乐不思蜀的感觉，并表达了下届还想来的愿望。

回到单位，我们立即向乡领导汇报了本次培训的情况和收获，并每人撰写了一份3000字的学习报告。乡领导认为报告很有深度，并表示如果派菜农去就达不到这样的效果。

第二天，乡信息网就发布了配图头条新闻："惠农惠技术，扶贫扶素质"，副标题是"——乡政府组织一批菜农赴上海学习纪实"。

题图是培训现场照片，"东部地区第六届种菜技术培训班"的大红标语和台上的美女很是抢眼，学员都是背影。我们看了半天，也没找到自己的影子。

第一辑　模仿秀

局长给我送礼

　　局长匪夷所思地送"我"两瓶茅台。是局长有求于我，还是他认错人了？"我"甚至怀疑局长精神出问题了。因为平时我觉得局长连我的名字都不知道。

　　领导叫我的名字，我愣了。我不知道领导还知道我的名字，我的名字在领导口里出来是那么庄重、亲切、令人感动，要知道，这领导可是一把手——局长啊。他要我去他办公室。平时，别说局级领导的办公室我没去过，就是科长们的办公室我一年都去不了两次。局长的办公室就是大，我还是第一次看见有套间的办公室。正好奇地打量，局长说话了，来，把这两瓶酒拿去。我不知道什么意思，就讪讪地问，局长，这是……局长正好接一个电话，一边向我摆手，从他毕恭毕敬的样子，像是在和哪个上级领导通话。看我发呆，局长就很不耐烦地做了一个让我带东西出去的手势，我赶紧拎了酒走人。

　　回到家打开包装一看，吃了一惊，是两瓶"茅台"。我只是在超市里摸过"茅台"，更不要说喝了。

　　局长为什么要给我两瓶好酒？

　　老婆帮我分析，一种可能就是局长有求于咱。她还没说完，就被我否定了。像我这样一个被老婆称为"无钱、无权、无关系"的"三无"产品，连买了假盐都不敢吭声的窝囊样，能帮人办成啥事。况且人家是局长，会有

披着狼皮的羊

办不成的事？即使有什么事办不成也不会找到我。

第二种可能就是局长认错人了。可他明明是叫我的名字啊，取我这样拗口名字的，甭说是局内，就是本市也不会有第二个。

或许是局长今天精神不正常。我立马反驳，全局的百十号人加起来也没有局长的心眼多，我们都神经了，人家也不会犯一点傻。

怀着惴惴不安的心，我小心翼翼地将两瓶酒用三层床单包了放在了大衣柜里，就像放了一颗定时炸弹。

看局长办公室没人，我第二次踏进了局长办公室。我得向局长解释清楚。局长看我进去，很客气，小刘呀，我知道你是个老实人，你做事我最放心，是不会乱讲的。我赶快解释，局，局长，我……我一定，其实，那天我是无意之中看见你和小红在一起的，我保证不会告诉嫂子，更不会对其他人讲。大概是我说得太直白了，局长的脸色有点难看。趁有人敲门，我赶紧溜了出去。

我忐忑不安了几天。接下来发生的事简直令人不敢相信，一纸红头文件下来，我升了科长。

局长不和咱计较，现在又给我提了干，我当然不是那种知恩不报的人。送礼？人家局长家里什么没有，不缺你这仨瓜俩枣。拼命工作？凭我的工作能力，吐血也不会干出什么成绩来。其实，老婆早就替我找到了报答局长的办法。

有空我就向局长汇报工作。计划科的刘科长背后骂局长黑心贪财，被我捅到局长处，第二天，那刘科长就退二线了。人事科的张科长一次酒后吐露局长给亲戚安

第一辑 模仿秀

排工作的事，说连农村来的丈母娘都被安排到退休办养老了，我知道了，局长当然也会知道，于是，张科长就变成了张科员。不应该的是，办公室的王主任背后骂局长吃着碗里看着锅里，王主任可是局长一手提拔起来的，真没良心，是可忍孰不可忍，我打了个小报告，办公室主任就去打扫卫生了。

时间不长，我被提了局长助理。又过了一年，一个副局长因被局长抓了小辫子而提前病退。另一个副局长的儿子和我儿子打架，把我儿子打伤了，对方不但不道歉，反而耍横。我知道局长和那副局长的矛盾，于是找了一个借口，局长就把那副局长给挤对走了。

一天刚上班，就听说局长被抓了。我吃了一惊，并非为局长被抓而吃惊，我担心的是城门失火，会不会殃及池鱼？

几个月后，收到某劳教所寄来的一封信。

打开，是原局长的笔迹。

小刘，哦，对不起，现在应该叫您刘局长。抱歉！

我聪明了一辈子，没想到会栽在一个原以为是最忠实可靠的人手里。我待你不薄，把你从一个普通员工提到局长助理的位置，结果你窝里反水倒把我也害了，你不该把我和小红的事抖搂出来……我记忆中好像让你带两瓶酒给我父亲，他当时正好住在你家楼上，结果我父亲到死也没见到这两瓶酒……

天地良心，我确实没有告发局长。局长对我有大恩，我不是那种以怨报德的人。再说，你树敌太多能怪谁呢？至于那两瓶酒，怪你漏掉了关键的半句话。不过，你说

披着狼皮的羊

清楚了我也就没有今天了。

我拨通了办公室主任的电话,通知所有中层以上的干部,今晚我请大家喝"茅台"。

领导来了

大领导要来单位调研,单位派出百人队伍迎接。快到中午了,迎接队伍竟然没有接到人。原来,大领导早就进了单位。

早在一周前,单位就下发了通知,本周有国家部委有关领导来公司调研。总公司专门拨了50万元的接待费。对专拨费用上级不考核。

按照通知安排,公司要组织一个百人迎接队伍,每人发一套西装、衬衣、领带。这套衣服虽然只是用于本次接待领导用,可事后都归自己了,选人就有讲究了。电话通知又下来了:所有科级以上干部,高级职称以上的知识分子才有资格参加接待。这样的规定谁都不会有意见。

经过一周的精心准备,这一天终于到来了。

虽然是初秋,上午九点钟的太阳还是毒辣辣地照着。迎接人员西装革履站成两排,想近距离一睹国家领导真面目的心情已经抵消了太阳光的能量。不过那只是心情,脸上的汗水还是在十分钟后淌了下来。

第一辑　模仿秀

办公室主任不停地接打着电话，怕有懈漏，心情有点紧张。迎接人员两旁站立，任务只是鼓掌而已，心情自然轻松。办公室主任只要一路过夹道欢迎的队伍中间，两边就响起掌声，还有人喊着，欢迎领导。办公室主任就笑。

一个小时后，一辆奔驰中巴缓缓驶来。大家赶紧挺胸肃立。车门开处，一位气宇轩昂的中年人从车上下来。两旁顿时想起雷鸣般的掌声，早就守候在一旁的记者们纷纷拍照录像。公司领导谦恭地引着那领导缓步走进会议大厅。

大家都议论，国家领导人这么年轻。

现在都提倡年轻化了嘛。

就有人开玩笑，老张你看你，跟你差不多年龄，人家都是国家的领导了，你什么时候能熬到这份上啊？

大家都不要吵了，办公室主任从会议室出来了，打着不要说话的手势，压低了声音。刚才是地方领导，国家领导还没到。

咳，不是忽悠我们吗？

都是领导，难道地方领导就不欢迎了？地方领导更应该欢迎，我们是在人家屋檐下。是啊，是啊，地方领导更应该欢迎。

国家领导几点到？

我也不太清楚，是省委接待办统一安排的。

刚才来的是省长还是市长？

我也没见过。办公室主任摇摇头。

这时，一阵雷鸣般的掌声再次响起，还夹杂着欢笑

披着狼皮的羊

声。原来是公司企业文化办的干事从欢迎人群中间走过，大家都熟，就开起了玩笑。

公司领导从会议大厅里走了出来，你们在干什么？这种场合还开玩笑？办公室主任也说，大家都严肃点，你看你都站哪儿去了？站好。再有人从夹道走过，就都不敢开玩笑了，毕竟都是部门领导和知识分子嘛，纪律性还是比较强的。

太阳越来越毒，脸上的汗都有点擦不及了。但大家都精神抖擞，翘首以待，能近距离亲眼看见国家级领导的机会不多。大家在班上是领导，这次是参加公司的接待，都成了啦啦队员。虽然提着心劲，时间长了，几个年纪较大的就有点吃不消，退到后面，靠在墙上休息一会。有几个烟瘾大的，纠集了几个烟民开始抽烟。好在领导还没来。

大家平时都是工作在各自的岗位上，偶尔开会，最多也是点点头，打个招呼，有事通个电话也是说工作上的事，很少有机会闲聊。有人就讲起了笑话。领导们的笑话多，经常出去开会，接触的人多，接触的事也多。高雅的，通俗的，荤的，素的，一个接一个，笑声不断。以至于公司领导几次出来呵斥。

一直到十一点半，大家翘首企盼的国家领导还没到。就有人耐不住了。说好今天来，没来，看来是公务繁忙啊。也许是被哪级地方领导给留住了？抑或是中间突然改变行程去其他地方考察去了？那也应该有人通知啊。看来这国家领导也是身不由己啊。大家都在猜测着。办公室主任也不见了人影。于是有人提议，干脆解散吧，快中

24

第一辑　模仿秀

午了，不可能来了。先是一个人走，后来大家都陆陆续续解散了。

下午公司召开例会。公司领导很不高兴，国家领导到我们公司检查指导工作，是对我们公司的重视，是我们的荣幸，我们也期待本次能得到国家资金支持。为了搞好本次接待，我们花费了这么大的精力，也得到了上级大力支持。可是，到了最后的关头，你们都给我撂挑子了。本来安排得好好的，国家领导走来的时候竟然没有一个人鼓掌……

大家面面相觑，怎么会呢？国家领导上午来了吗？怎么都没有看见呢？也没看见有车过来呀？你看见了吗？没有啊！听公司领导的口气，国家领导上午确实来过了，所有参与迎接的人竟然都没看见，更没人鼓掌。

公司领导说，幸亏这次我们申请的资金已经批准了，不然，我将你们全体免职。

台下响起雷鸣般的掌声。

垂直打击

新局长上任后，局里就再也没有这样那样的摊派了。但很快，小巷语言就又传开了，上面摊牌下来的东西都去哪了？为什么别的单位有，我们没有？

局周会上，局长一脸苦大仇深的样子，弄得各级干

披着狼皮的羊

部大气都不敢出。

　　局长把自己的苦楚一倒，大家都乐了。但都乐在心里，表面上却不敢流露出来。

　　局长说，我县新成立了啤酒厂，新出的啤酒销路不好打开，为扶持新企业，县里号召各个单位以大局为重，为我县的经济腾飞出把力，带头购买啤酒厂的啤酒。局里分了50箱的指标。有福利分，大家能不乐吗？局长不乐是因为又要从本来就紧张的经费里出钱了。

　　每人两箱啤酒搬回了家。三个月后，单位例行体检，几乎每张检验单上都写了"脂肪肝，以后要少饮酒。"

　　县卷烟厂二十周年厂庆，局里每人又分了两条烟。有不抽烟的就想骂娘了，可想想又不是自己掏钱，送人还可以落个人情，也就忍了。

　　城东开了一家酒楼，县里说是要支持福利企业，局里每月分了二十次的吃饭指标。有人去过，酒楼没看见一个残疾人，关键是酒菜很是差劲，"飞机"满天飞。根本就不具备招待客人的条件。局里就把指标层层分解了下去。本来是抱着不吃白不吃的态度去的，自从有人吃了一顿拉了三天稀，就再也没人去过。后来听人说，老板是县长的小舅子。

　　诸如此类的摊派，虽然有苦有甜，但还是收获大于损失，全局上下也就在思想上形成了统一：对于困难户，能支持就支持，能帮助就帮助，谁叫我们是活雷锋呢？哈哈……关键是不用自己掏腰包。

　　最近，当地新建一国际机场，这是市政府用了各种手段才拉来的，可以说是当地的一个招牌。令人意外的

第一辑　模仿秀

是，局里每月分了两张机票，政府埋单。局长说了，全局上下25个人，每月分两张，今年全局上下正好可以轮流免费坐一次飞机。当然了，还多一个人，局长主动退出，局长说自己有的是坐飞机的机会。有人乐得差点抱住局长啃一口。

第一个月的两张机票很快送到。大家议论纷纷，谁先享受到呢？两位副局长？办公室主任和人力资源部经理？两位劳模？优先很重要，优先者代表其在局里的地位，优先者可以避免因半途停止"福利"机票遭受损失。只要两张机票不落到某个人手里，猜测就一直成为猜测。猜测的过程很是漫长，也很神秘。

机票没有落到手里，从机场起飞的一架客机却在不该落的时候坠落了。作为作者，后果我就不忍心描述了。

当然，这两张机票的日期要在飞机坠落的后面。于是，猜测还在继续，刚分来的两个大学生？后勤的两个勤杂工？这个时候机票已经成了死刑宣判书，因为最近空难事故中遇难者中就有一个本局的家属，那个惨景还历历在目，谁不愿好好活着？

两个副局长下乡考察了，办公室主任老婆病了，人力资源部经理得了痔疮，两个劳模加班赶工期，一个大学生（男）很羞涩地说，要带着另一个大学生（女）去堕胎……全局上下除了局长都提前在机票上写的那一天请假。

局长火了，那天如果不是地球毁灭，谁都不能请假。最后抓阄，技术科长和宣传干事手气很壮，摸到了"大彩"。

披着狼皮的羊

机票上写的那个日期真实存在着，机票上写的那两个座位却是空的。

一次腐败严打风暴又给了局里一个腐败典型指标，于是，局长以绝对的优势栽了。大家私下沟通，一致认为是局长在机票分配时舞弊，并涉嫌谋害员工。

新局长上任后，局里就再也没有这样那样的摊派了。

但很快，小巷语言就又传开了，上面摊牌下来的东西都去哪了？为什么别的单位有，我们没有？保不住是新局长自己给贪了，真是走了肥猪来了猪秧子啊。

接着，市纪委收到很多关于新局长以公肥私的举报信。

CSER

连盲狙都不知何物的胡卫东，在和我玩CS（流行的网络游戏）时却能屡战屡胜。他底子薄，起步晚，基本功差，是得到高人指点，还是游戏作弊，使得技术突飞猛进了？我偷偷转到他身后想一探究竟，才发现，这个敌人原来是我自己。

胡卫东是我的朋友兼同事。

我们都是CSER，CSER是对时下风靡全球的网络游戏CS玩家的通称。

他玩CS还是我拉他下水的。

第一辑 模仿秀

我的撺掇，再加上游戏第一人称的真实性，很快，他就喜欢上了CS。移动、跳跃、开枪、换枪、扔手雷、埋撤炸弹，尽管费了我不少口舌，几天过后，他还算是进入了角色。

玩CS我可是从1.1版本玩到1.6版本，虽不敢称为高手，也是久经沙场的老将了。我们经常在局域网上打机器人练习，我练爆头，他练基本功，偶尔也单挑几把。

一个月后，我发现他进步快得让我有点吃惊了。

在经典地图DUST2里单挑，我是警，他是匪。

我在A洞拐角处埋伏了半天，没见人。我迅速换了匕首过A平台、匪小道、B区，也没见人。为防止他躲在B区的木箱后面，我用MP4狠狠地穿了平台上的那个木箱几下，没动静。

迷路了？不会呀，这个地图他是很熟悉的。

我又从B洞穿过匪区，过A门从警区回到B区，又转了一圈还是没见任何动静。

我把音箱音量放到最大，然后，蹲在B区的平台上，盯住B门和B洞。

也就是几秒钟后，一声骇人的狙击步枪声从我身后传来，我的身子一晃，一头栽倒在地。

在幽灵的模式中，那个只剩二十滴血的匪，也就是胡卫东从我原来穿击的木箱后面提着大狙走了出来。

这小子什么时候开始玩狙了？要知道这是CS里面最难玩的枪，虽然威力大，一枪可以致命，但其枪身重、须开镜瞄准、不宜近战等缺点，非高手一般不敢玩。我光练大狙可是练了半年多。

披着狼皮的羊

第二局，我也买了杆大狙。干掉狙击手最好的办法就是用狙击步枪。

按照经验，狙击手第一次埋伏的地方，第二次肯定得换，否则他会死得很惨。

我换成手枪，从警区直奔 A 洞。拐角处，我跳出，换枪，落地，开镜，动作干净利落潇洒。

半天还是没有人影。这小子敢冒天下之大不韪，去原地了？

又跑到 B 区，跳到上次他埋伏的木箱后面，没人。

我检查了一下手枪，换上弹匣，心想这次非用手枪干掉你不可，以示羞辱。

打开手枪保险的"哗啦"声刚过，可怕的狙击步枪声又响了，我又完了。

他这次躲在 B 洞旁边那个夹缝的木箱后面，我只顾在原地找，谁知他又在背后开了枪。

第三局是我直奔 B 区，在洞口两人正好走个顶面，一声轰响，我又输了。

在这么短的时间内就把狙击步枪练得这么好，是不可能的，估计是别人在用他的电脑玩，我得去看看。

第四局购装备时间还没过，我就悄悄地跑到隔壁房间想看个究竟。

胡卫东并没有注意到我，正趴在电脑上全神贯注地注视着屏幕。

他对准我的警的狙击步枪又发出了一声轰响。我惊讶地发现，他竟然没有开镜。

第一辑　模仿秀

靠，你还会盲狙。

他才扭头看见我，盲狙？什么叫盲狙？他用过这样的枪，很厉害，就是没有准星，只好用水笔在屏幕正中间画了个十字当准星来瞄准。

我给他演示了一下击右键开镜的方法，他倒是很惊讶。

他说，第一局，如果正面对我，自己肯定不是对手，就躲起来等机会。我拿枪穿他时，他知道出来肯定是死，如果不动没被发现就有希望。当他出来看我时，我正好背对着他。

第二局，我的想法别人也会有，他将计就计，来个瓮中捉鳖。

第三局，嘿嘿，那是碰的。一碰面，我的身体占了大半个屏幕，闭上眼睛都会命中。

更可气的是，他说每次都是我自己送上门的，只是头两局在瞄准我时费了不少时间。

我以一个高手的名义在对付菜鸟时，轻看了对手，以至于忽视了战术。我没有死在枪口下，而是死在了意识上。

附我和胡卫东小资料：我们同年毕业，同年进入同一个单位上班。当初，我是大学生，他是技校生。现在，我是普通员工，他是车间主任。

披着狼皮的羊

男人三十六

他三十六岁那年参加了本单位组织的只有三十五岁以下人员才能参加，但三十五岁以下人员却不愿参加的计算机知识竞赛。感觉自己被利用的他竟意外获奖，从此改变了命运。这和年龄有关吗？

身份证夹在钱包里几乎隔上几天都得用一次，买飞机票，银行存取款，参加考试，警察看着你不顺眼也会让你掏出来。不过，那都是拿自己的身份证给别人看。有一次，他闲着没事把身份证掏出来给自己看，把当今所处的纪年和身份证上出生日期一减，等于三十六，着实吓了一跳，也就是说，他今年三十六周岁了。

要说一个人不知道自己的年龄是扯淡，平时过生日，和朋友唠嗑，会经常提到年龄问题，只是没有意识到年龄问题的严重性。

你看，刺激来了。单位组织青年职工计算机知识竞赛，要求参加人员不能超过三十五周岁，每个单位至少参加一名。往年举办此类的比赛，他都是因为出差或者其他事情没有参与，现在看来，此生已经没有这样的机会了，他知道自己已经不属于青年的行列了。他怅然若失。失去的才是最珍贵的。

此后，他就经常注意那些和他同龄的同事、同学、好友，并没有什么变化，依然像青年那样欢乐、有生气。他想，也许是他们没有意识到自己已经不是青年了，也许是他们故意装嫩掩饰一些东西。一天他遇见了多年不见的老同学，他们同龄。老同学说，最近怎么这么憔悴呀？位子被别人抢了？老婆跟别人跑了？存款被别人偷了？他没有像往常那样擂老同学一拳，那样显得不成熟，要知道自己已经不是青年了。今年是自己正式踏入中年的第一年，中年人得有中年人的稳重。他说，位子还在，老婆还在，存款还在，只是自己的青年丢了。他说了自己的困惑。

老同学愣了一下，估计也是刚刚意识到这个问题，旋即，哈哈大笑，杞人忧天，你要记住，有些东西是靠自己努力得来的，有些是靠自己努力也得不来的。你为了一个不能自己左右的东西的得失而郁郁寡欢，这就叫自寻烦恼。他似懂非懂。

一天，公司通知他明天参加本年度的青年职工计算机知识竞赛，他以为听错了。他说，我今年超过三十五周岁了，已经不是青年了。并着意加重了一下后半句的语气。公司办的人说，年龄哪会卡得那样死啊，名单上有你。

他找到原来下的文件，一看自己的名字赫赫在列。不过，他还是疑惑，自己单位有三四个人都是三十五周岁以下的，怎么没有他们的名字，单单有自己的名字？

有关系不错的同事解惑说，像这样的比赛都是走形式的，一般人都不愿参加。你想想，全公司这么多青年

披着狼皮的羊

人参加比赛，最终只有几个人获奖，获奖的概率很小。你参加了竞赛，却没有获奖，这么大人了，还不够丢人呢。你不参加比赛，就会扣单位积分，影响绩效考核，你还想不想混了？所以，每年这样的考试人人都躲之不及。你们部门领导就是三十五周岁以下的，为什么没有报自己的名字？很明显嘛，呵呵……

他没想到一个竞赛还有这么多的道道。

第二天，他坐在考场上，感觉自己就像一个被耍弄的玩偶。不过，他觉得还是以大局为重，不能因为个人的原因影响了本部门的考核。考试就在稀里糊涂中过去了。走出考场，他如释重负，有种劫后余生的感觉。

看着本部门那几个本应该参加却没有参加竞赛的三十五周岁以下的青年同事一副漏网之鱼的得意样，他想，我是中年人了，不和你们一般见识。

半月后，当有同事告诉他，本年度青年计算机知识竞赛他得了一等奖时，他又迷惑了一次。甚至怀疑，这里面是不是有什么圈套？那关系不错的同事继续解惑说，你傻呀，只有两个结果，一是获得奖品，二是得到荣誉，请客吧。

一天，老总找他谈话。老总说，现在是信息时代，公司信息部力量比较薄弱，现缺少一个懂业务懂专业的信息部副经理人选，昨天公司领导班子开会讨论，一致认为你最适合，你考虑一下吧。

晚上，他第一次理直气壮地带着酒气对老婆说，你把我那套紫色的西装给我熨一下，明天开会我

第一辑　模仿秀

要穿。

老婆用手探了一下他的额头说，不烧啊！三年前让你穿，你都嫌太艳了，怎么，现在又装嫩啊？三四十岁的男人突然变得穿着讲究，肯定有问题。

锅滚豆腐

娘说，你当的是老百姓的官，就得给老百姓做事。那次回家，娘做的锅滚豆腐的香味让伊夫觉得只有小时候才有过。

时下流行回归自然，手工豆腐成了人们的新宠。

豆腐的营养价值和美味自不待言，关键是手工豆腐保持了豆腐的原味。锅滚豆腐是对手工豆腐的另样叫法。

伊夫喜欢吃锅滚豆腐，尤其喜欢吃娘做的锅滚豆腐。

小时候，爹死得早，娘一个人拉扯他们兄妹四人，生活较为艰难，吃豆腐也就成了奢侈。每逢新黄豆下来，娘就挑成色不好、瘪的、不好卖的，用清澈的山泉水泡了。第二天，兄妹几个就争先恐后地抢到自家的小石磨前推磨，因为有豆腐吃了。

研磨后，把过滤后的豆汁放进大锅，边煮边搅拌边加入石膏，最后倒入木质模型中，再用纱布包严了，上

披着狼皮的羊

面压一块石头。几个钟头后，豆腐就在几个小馋猫的呲遛声中出模了。偶尔有一只小黑手伸过来要掰豆腐吃，都被娘打了回去。娘把新打的豆腐切成方块，盛进大砂锅里，放上盐，加入葱姜蒜，浇上几汤匙已经熬了二十年的高汤。一股香气就飘在小土屋里了。

一年中只有新豆刚下来和过年时才有豆腐吃。吃着滑嫩、甘甜、豆香四溢的锅滚豆腐，伊夫觉得是童年最幸福的时刻了。曾几何时，伊夫把每天吃锅滚豆腐作为自己的最高生活标准。

现在，伊夫在城里当官。每次伊夫回家，娘都给他做锅滚豆腐吃。娘亲自做。除了推磨的重活需要伊夫帮忙外，她一概不让他插手。看着他狼吞虎咽的样子，娘就在一旁笑，慢点，别噎着，跟小时候一个样，没吃相。锅滚豆腐成了伊夫挥之不去的情结，他吃遍了市里的大小酒店，都没有娘做的锅滚豆腐的那种味道。

伊夫工作很忙。这次是过了一年多才回来看娘。娘明显老了，眼花不说，耳也背得厉害。伊夫曾经多次打电话让娘搬到城里住，娘都以不习惯为借口拒绝了。他知道，是娘不想给自己添麻烦。也就不再勉强。

看着娘佝偻着背为自己忙上忙下做锅滚豆腐，伊夫就说，娘，您就不用忙活了，咱买点现成的吃吧。娘笑了笑说，买的哪有自家做的好吃？再说了，娘做的豆腐你最爱吃，哪天我老了不能动了，你想吃也没有了。

第一辑 模仿秀

伊夫站在院子里压低了声音打电话，娘依然在忙活着。锅滚豆腐上来了。伊夫吃着，娘问，好吃吗？伊夫吃到了一股浓浓的石膏味。他知道，娘老了，锅滚豆腐恐怕要成为记忆了。但为了不伤娘的心，他还是点点头说，好吃，好吃。

咳，你不用瞒娘，娘老了，也糊涂了。娘叹了一口气，这豆腐的口味主要在点卤，石膏加得多了少了，都会影响豆腐的口味。可把握起来也不容易，掌握不好，就糟蹋了这一锅豆腐。对了，你还记得前两年咱村那个刘二吗？

每次伊夫回家，娘都会提起这档子事。那刘二原是条恶棍，在村里横行霸道、欺男霸女，因为是乡长的小舅子，大家敢怒而不敢言。两年前，伊夫出面把他给办了。娘说，你当的是老百姓的官，就得给老百姓做事。那次回家，娘做的锅滚豆腐的香味让伊夫觉得只有小时候才有过。

伊夫把没吃完的豆腐放在了桌上，轻描淡写地挥挥手，过去的事，不提也罢。娘又叹了一口气，可咱村里到现在还记得你呢，前天，后庄的您二大娘还说你有出息，我这心里就比吃了蜜还甜，电视上老说，金杯银杯不如老百姓的口碑，娘爱听。

娘嘴里嘟嘟囔囔。伊夫突然说，娘，我还得走，单位有事等着我去处理。

半年后。

一天伊夫正呆坐着想心事，突然接到通知，说有人来看他。

披着狼皮的羊

是娘。几个月不见，娘明显老了许多。伊夫颇有些意外，娘从来没有出过远门，也不识字，况且眼花耳背的，怎么会摸到这离家一百多公里地方的。

娘拿出一个饭盒，打开盖子，里面装着的是伊夫平时最喜欢吃已经好长时间没吃的锅滚豆腐。伊夫哭了，娘，我对不起你，我让您丢脸了。娘笑了，傻孩子，谁还没个犯错的时候，错了就改才对得起娘。

娘顿了顿，有件事想告诉你，你不会恨娘吧？

伊夫有些意外，他猜不透娘怎么会蹦出这样一句话。

你的事是我揭发的。

伊夫惊呆了，娘，您……

娘不糊涂。娘揭发儿子，前辈子没有，后辈子也不会多。娘也是思想斗争了好多天，毕竟儿是娘身上掉下的肉啊。

可娘耳聋眼花，她怎么会知道这些事呢？伊夫心里很疑惑。

娘很快看出来了，我虽然耳聋眼花，但你的眼神和脸色已经告诉我，儿子变了，我是你娘！你爹死得早，娘不想再失去儿子。好好改造，等你出来娘还给你做锅滚豆腐。这做人就像做豆腐，做坏了，咱重新再做一锅，只要有黄豆，就不怕没得做。你要真怨娘的话，来，吃了这碗豆腐，算是娘给你赔不是了。

娘——，伊夫泪流满面，长跪不起。

> 第二辑　第九个是包子

第二辑　第九个是包子

　　导读：父亲六十岁那年，在一次战友聚会时，许诺三十年后召集战友重聚。三十年后，父亲在自己生命中的最后一段时光，强打起精神，实现这个承诺。儿子就按照父亲战友原来留下的地址挨个通知。聚会那天，九位战友全部到场，父亲挨个敬酒数落。然而，战友们虽都面带微笑，却没有一个人举杯应酒……

你看我一眼我就给你让座儿

　　公交车上，一个孩子先是给一位老人让座，然后又给一名抱孩子的阿姨让座，都没有成功。难道是大人都不领情吗？结尾却令人恍然大悟，让人揪心。

　　车启动了。雨后的空气从窗口一股脑儿涌了进来，清新而舒爽，车厢内顿时鲜活起来。
　　他坐在座位上不安分了，随着公交车的拐弯刹车，

披着狼皮的羊

身子夸张地前仰后合，一脸坏笑。

她站在旁边，眼神被他舞动的身子牵动着，看得满面春风。

又一个急刹车。他的脑袋在离前座靠背一厘米处戛然而止，额头省去了一个不应该有的包。他的情绪并没有因小小的惊吓而有所波动，开始用手模拟在游戏里开疯狂赛车，嘴里还发出"呜呜——"的声音。

"老人卡。"公交车善意地提醒着。一拉溜的老人陆陆续续从前门跨了上来。

车外不成秩序的人群，在狭隘车门的挤压下，成了规则的条状。他突然想起了一个奇怪好玩的东西，自顾笑了起来。她摸了摸他的脑袋，也跟着莫名地裂开了嘴角。

有人站起来，"师傅，来，坐这儿吧。"

"谢谢！"

又有人站起来，"阿姨，您坐。"

"好，太感谢了！"

坐下来的阿姨感觉不对劲，就又赶紧站了起来，伸手扶住旁边一个抱小孩的少妇，"闺女，还是你来坐吧。"

少妇往上顿了顿有点下滑的孩子，不好意思了："不，阿姨，还是您坐，我还年轻。"

"我也是养过孩子的，你这样站着容易碰着孩子，多危险。你不觉得阿姨的身体还好，没那么老吗？"

少妇不再坚持了，"谢谢阿姨。来，乖，谢谢奶奶。"孩子张大了没牙的小嘴，格格笑了起来。阿姨仿佛看到了自己的孙子，一脸甜蜜。

他看着那孩子粉嫩的小脸，竟然产生了要掐一把的

第二辑 第九个是包子

冲动。我要狠狠地掐一把，他心想。这个念头来自于一种亲切的感觉。

又一阵清风夹着雨后的湿润从车窗扑了进来，他用脸堵住窗口，霸占了一大半气流。

身后的一声咳嗽把他的脸从窗口扳了回来。一位老人站在他座位旁，一双粗大的手紧紧抓住吊环，身子随着车子的晃动随意摇摆着。

他忽然想起了什么。

老人的眼光一直瞅着窗外，连一丝余光都没有垂下来。他有点失望，心说："你看我一眼我就给你让座儿。"老人很执着，连趁眨眼的机会漏点余光的表示都没有。他很失望。也许是外面的景色吸引了老人呢。他顺着老人的眼光投去，鳞次栉比的店铺，匆匆忙忙的人群，像过电影一样从窗口飞速流过，并无新奇。

他求助的目光扫向她，她的脸上并没有荡起一粒轻尘。

他使劲拍了一下前座的后背，发出"砰"的响声。老人的目光终于移了过来，他大声说："爷爷，请坐。"老人的脸顿时舒展开来，先是笑了笑，然后说："孩子，你看我老吗？"老人抬起右手，做了一个握拳曲臂的动作，"别看我年纪大，身体好着呢。"

"可，小孩就应该给老人让座。"

他的话音刚落，车厢里就漾起一阵笑声，善意而又舒缓。

"哈哈，这孩子真懂事。要不是想锻炼一下身体，我立马就坐下了。"

披着狼皮的羊

他用力点了点头。突然，他发现了新大陆："爷爷，后面那个座空着，赶紧去坐吧。"

"请给我一次锻炼的机会吧，好不好？"老人认真地请求着。

他笑了。

他不安分的目光再次锁定了一个目标："阿姨，您抱着孩子坐我这儿吧。"有了前例，他心里有底，把握十足。

"谢谢小朋友，我孩子很轻的，不用坐，你看，我抱着她还可以减减肥。"年轻女孩儿做了几个托举孩子的动作，以示轻松。

"您站着容易碰着孩子，危险。"他使出了撒手锏，并用了大人的口气。

"好，谢谢小朋友！哎——等一下等一下，我该下了。"下一站眨眼就到了，女孩儿抱着孩子挤进了下车的人流，却把失望留在了他的脸上。

又是一站。"乖儿子，咱们到站了。"她想用力抱起他，一急，没有成功。旁边伸出一双手托了下他的屁股，孩子的双手就紧紧地搂住了妈妈的脖颈，生怕再掉下来。

车门耐心地开着，妈妈小心翼翼地向外挪，孩子的裤腿在风中晃动，空荡荡的。

最远的你是我最近的爱

体育课上，"跳山羊"是我的拿手项目，但在期末考试时差点不及格。"我"和老师之间到底发生了什么？

第二辑　第九个是包子

"我"应该吸取哪些教训呢？

"你看你，那不是跳山羊，是骑羊。"

"你的腿就不能分开点儿，男子汉的咋像个娘儿们。"

体育老师的话虽然犀利，但丝毫影响不了大家高涨的情绪。

这"山羊"看着简单，跳起来可不那么容易。

只有几个腿长灵巧的同学能一跃而过，其余的有的先是扑到了"山羊"背上，然后又滚下来，有的一个屁股蹲儿骑到"山羊"背上，硌得龇牙咧嘴很是不雅，有的用力过猛，直接越过"山羊"，扑到了垫子上。

体育课上，"跳山羊"的项目总是惹得大家笑声不断。

该我了。我凝神屏气，起跑，加速，拢手，触案，跳起，并腿，落地。动作一气呵成。欢呼声四起。连整日绷着脸的体育老师都难得一见地咧开了嘴。

老师大声说："优秀！"如不是加强锻炼，我的绝大多数体育项目日常都是在及格线上下徘徊，这回可露了脸。我的体育成绩不好，看来不是能力问题。让李小双去打篮球，让姚明去练体操，能成吗？是身材问题，身材不适合的项目，再努力也没用。

我为自己的发现骄傲了好一阵子。我对体育成绩的自信心也在骄傲中生了根。因为这个学期的体育考试就是跳"山羊"。我甚至敢说，我不需要任何锻炼就可以拿到优秀。我清楚得很，那次体育课我真的是第一次接触"山羊"。

披着狼皮的羊

又是一节体育课，看放在操场上的"山羊"，我们就知道了本节课的内容。集合完毕，体育老师却点了我："你出来一下。"

我和另外一个同学被老师点名负责在"山羊"两边保护其他同学，防止他们在跳的过程中因为动作不规范出现意外。老师选我做防护，从另一方面说明体育老师也知道我不需要再练了。

和我一样有潜质的同学只需跳一次就通过了。先天不足的男同学和大多数女同学可就不轻松了，一次次地跳起，一次次地跌落，又一次次地跳起……不是他们精神可嘉，是考试要求他们必须过关。都是成绩逼的。

我和对面的同学尽职尽责，全力以赴，"救助"了不少"困难户"，"挽救"了很多"失足青年"，也"造就"了大批"成功者"。一堂课下来，我俩虽然累得满头大汗，但我很有成就感。

体育课考试。

体育老师还是那个体育老师，同学还是这些同学，但气氛却严肃了很多。体育虽然是"副科"，但如果不及格照样影响毕业。

体育老师没有像以往那样直接点名，而是问："谁愿意给大家做防护？"

我自然一马当先，不可推却。因为我每次都是第一个被老师点名做防护的，已经养成了习惯。我下意识地跳了出来，站在了大家前面。

好像被旁边的什么东西吸引住了，老师这时正好把头扭过去。

第二辑　第九个是包子

我看没有引起老师的注意，立即为自己的这个下意识感到不好意思了。按照本学期以往体育课的经验，"跳山羊"成功的同学立马就可以结束体育课而成为"自由人"，尤其是第一次就能跳成功的，更是早早结束。结束了体育课可以去图书馆看书，可以回到教室里复习功课，甚至可以偷偷溜出校门去逛街。最重要的是，这是本学期我们的最后一节体育课。

对这门课的信心也让我突然有了放弃做防护的念头，我悄悄地退了回来。

我前面的同学双手已经按在了"山羊"上，动作还算标准。可后半部分动作却没掌握好，一个趔趄，落地时差点摔倒，被防护的同学给拉住了。老师大喊："良好。"

是的，在关键时期，尤其是涉及毕业成绩，老师也是能过则过，绝不会为难谁的。我前面那个同学的成绩"良好"已经证明了这个事实。

轮到我了。我凝神屏气，起跑，加速，拢手，触案，跳起，并腿，落地。动作一气呵成。欢呼声四起。同学们已经把我当成样板了。

老师大喊："不及格，重来！"

我愣了一下，以为听错了。周围静了下来。大家疑惑的眼光全部聚到了我身上。我又成了焦点。

我依然信心百倍，凝神屏气，起跑，加速，拢手，触案，跳起，并腿，落地。动作一气呵成。

老师大喊："及格！"我愣了半天，没有吭声，脸却红到了耳根。

二十年后，我和父亲又提起了这件事。我说，那是

披着狼皮的羊

我求学路上唯一的一个"及格"。我的成绩一直都是令家人和自己骄傲的"优秀",连"良好"都很少得。父亲说,这不是对你体育成绩的考核,是对你品行成绩的考核。

那次体育课考试,让我懂得了关怀别人就是关怀自己的道理,使我在以后的成长道路上一次次战胜了困难,成就了自己。

那年,父亲担任我的体育老师。

三十年后再相会

病重的父亲等待一场聚会已经三十年了,儿女们不敢怠慢,积极准备。这一天终于来了,父亲打起精神,挨个给老战友们敬酒。然而,老战友们脸上挂着微笑,却都不喝酒。

父亲已经两天没有进一滴水了,面容安详地躺在病床上。

平日嘈杂的病友和家属们此时也都静默下来,生怕惊扰了父亲,惊扰了父亲的梦。此时,病房里只能听到葡萄糖水在输液管里"嘀嗒——嘀嗒——"的流动声。

第三天早上,父亲突然睁开眼,问小儿子,今天几号?

子女们都欣喜地围了过来。小儿子颤声说,爸,今

第二辑　第九个是包子

天是六月十二号。

父亲的眼光突然亮了一下，哦。他顿了顿，像是自言自语，又像是说给子女听，快了，快到了。

父亲说的快到了，是指一个特殊的日子。

小儿子小心地提醒，爸，那，也许是个玩笑。

父亲又闭上眼睛，在表达自己的不高兴。

女儿安慰父亲，爸，您放心，我们会安排好的。其实，大家都清楚，父亲已经难以熬到那个时间了。

父亲的精神状况突然好了起来，接下来的几天不但能进食，逐渐还能下床走路了。从精神上看，这绝对不是回光返照。就连给父亲下了结论的主治大夫都觉得不可思议。

小儿子如今内退在家，接下来的工作就是挨个给父亲的战友们下通知。

三十年前的那个建军节，在一个老军人的聚会上，当年参加过百团大战的老军人们坐在了一起，虽然他们现在居住在天南海北，但那时都在一个团。意外的重逢让大家欣喜不已。看着一个个当年生龙活虎的壮小伙，现在成了半大老头，大家感慨不已。在相互祝福健康的同时，父亲提议，三十年后的今天是咱们十个弟兄聚会的日子，地点定在我老家河南巩义，一定要去啊。有人笑道，要是活不到那个时间咋办？父亲大声说，我还留着一箱好酒没舍得喝，谁活不到就罚酒三杯。惹得哄堂大笑。

那年，父亲六十岁。

父亲是个重情义的人，对待任何人都不会失了礼数。

披着狼皮的羊

所以小儿子对组织这次聚会非常重视，但他更清楚，这是父亲第一次也是最后一次机会了。

起初，小儿子带来的都是坏消息：山东的王生泰去年已经去世，广西的刘玉胜已经处于弥留之际……

父亲嘟哝着说，说话不算数，说话不算数。他最后下定了决心说，就是剩一个也要给我请过来。

"八·一"很快就到了。那天，父亲穿上退伍时留下的那身绿军装，戴上军帽。子女们看着父亲还没挪动几步就浸出了汗珠，就想劝他不要戴帽子，但相互看了一眼，都心照不宣地放弃了。

在巩义市著名的"杜甫"大酒店最大的那个包间，父亲亲自点了二十道菜，都是本地特色菜。令儿女们惊讶的是，那箱自打记事起就藏在堂屋供桌下，无论来了什么尊贵客人都舍不得拿出来，连嗜酒如命的父亲在家里困难时偷喝医院的消毒酒精也舍不得喝的"康百万"酒竟然也摆在了桌上。由于年代已久，酒瓶上的标签已经发黄，字迹都有些模糊了。

哥儿几个大老远的过来，一定得尝尝我们的家乡菜，喝喝我们的家乡酒，以后恐怕就没机会喽。东道主先敬大哥。祝名禄再过半月就整整九十八了，年龄最大。

要不是大哥当年做的豆腐炖粉条好吃，每次打仗都不敢保证能活着回来呢。为啥？还不是想着能多吃上一顿吗。来，起了，大哥，这酒还是俺爹送我入伍时买的，可他老人家就在我走的第二年就过世了，临死前还说家里日子紧巴，他的丧事从简不摆酒席，那箱"康百万"酒留给小山（父亲的小名）回家团圆时喝。这一晃就

> 第二辑 第九个是包子

七十多年。

该小孙了，咋啦，叫你小孙，还委屈你了？谁叫你比我小仨月呢？还记得第一次扛枪打仗，被枪声吓尿裤子吗？我们当地有说法：喝了"康百万"，尿炕孩儿变男子汉，对了，你还是第一次来俺家乡，要是早点喝了这酒，就不会有那一出了。哈哈，不说了不说了。好好，再陪一个，就你小，还数你滑头。

老薛，瞅你那熊样，一来你就闷声不吭，拿出你单枪活捉敌哨的劲头来，连我都想不通，你这小身板，那膀大腰圆的家伙咋就被你弄得像中了邪，乖乖地被你带回来了。这是咱爹临走留给我的酒，我这次必须多喝点，要不对不起咱爹不是。整一个，表示敬意。

……

敬完一圈，父亲最后单独给自己倒了一杯，慢慢地放在嘴边，咂了咂嘴唇，说，团圆了，我也喝了，爹该放心了。

坐在隔壁包间儿女们原来只知道父亲小时候体弱多病，当年当兵走时，爷爷专门买"康百万"酒送行，有身体"健康"，能长命"百岁""万岁"之意，今日方知酒里还包含了更深的含义，正如这"康百万"酒，随着时间的推移，酒瓶破了，瓶盖锈了，酒却愈加醇厚了。

看着在座的战友们都面带微笑盯着自己，父亲突然笑了。最后，他靠在自己的座位上，长长地吐了一口气，仿佛完成了一件重要的事情，又像是刚组织了一场冲锋。

陪同参加聚会的父亲战友的儿女们一同走进包间，

披着狼皮的羊

一边抹泪,一边收拾座位上自己父亲的遗像。遗像上的九位老人始终保持着和蔼的微笑。

掩耳盗铃新编

一名侠盗被新任捕头强逼在众目睽睽之下盗走一只铃铛,且不能发出一点响声。面对一件不可能完成的任务,侠盗却意外完成了,连自己都有点意外。

我掩窗肃立。

我在巩固一个决心。这个决心逐渐清晰起来。

我给自己梳理了几种理由。

我摇摇头,又点点头,不置可否。

八年前,黄天元到任的第三天,登门来拜访我。请允许我用"拜访"这个词,对于新来的捕头,凭我的名气,不会屈就他。虽然我是盗,他是捕。

他开门见山,说久闻侠士大名,此番想领教一下。

我说手艺是吃饭的家什,不是用来显摆的。

黄天元尊重我的意愿,不再坚持。

后来我们结拜了兄弟,并达成协议:一、不在他地盘上做事;二、不扰百姓。这也是我一贯的原则。

但我知道,黄天元愿望未了。我一再搪塞:会有机会的,却心有惶然。

几天前,黄天元告退还乡。

第二辑　第九个是包子

新捕头孟凯来了。站在院里的孟凯，年轻，帅气，但眼神透着杀气。少年可畏啊。

他说，你们做贼的。

我打断了他，贼乃是鼠辈所为，行偷鸡摸狗之事，我岂能与其为伍。

他有些尴尬，我只是想见识一下你的偷法。

我再次打断他，你犯了两个错误，第一，我不是偷，是盗。（虽感觉这个解释有点画蛇添足，但我得维护自己的尊严。）第二，"盗无法，法无盗。"盗有了方法，也就不会有盗了。

我知道你要收山。

我吃了一惊，佩服他眼光的毒辣，不可小觑。

他因自己的成功猜测颇为得意，说，我知道你做过很多活，比如：赵家大院的古书画，王御史家的金库。官府之所以没有抓你，是没有证据。我也知道你周济了很多老百姓，但那不是我放过你的理由。

他顿了顿，低声道，即使没有证据，我也可以用"莫须有"的罪名拿你。

我说你选地方和物件。他吃了一惊，不知是为我的自信，还是狂妄。

孟凯家在本城的东头，是个大户。

孟家大院是孟凯爷爷的爷爷修建的。大门上有个铃铛，这个宅子有多少年，这个铃铛就有多少年。据说，只要有贼一碰孟家的任何东西，那铃铛就会响，响彻县城，惊动官府。但，从我记事，这个铃铛就从未响过。

孟凯要我在他的眼皮下，把那只铃铛盗走，不发出

披着狼皮的羊

一点响声。

我说，你选个日子和时辰吧。

孟凯选的那天是大集，孟家大院正好是处于闹市。但我必须背水一战。

大集前一天，县城贴满了布告：巡捕房于明日午时在城东孟家大门口进行训诫，全县无论男女老幼必须全部到场，否则，按律处置。看来，我低估了孟凯。

集日，秋高气爽，日光轻扫着每个人的脸。台下的齐老汉被两个儿子搀着，轻风一扫，即将倾覆。他的痨病不知好点了没有。我又看见了孤寡老人秦老太，羸弱潦倒令人心酸……我蔑视的目光扫到了孟凯。孟凯在假装看天。

我站在孟家大门口，那只铃铛就悬在我的头顶。

秋老虎开始发威了，我的两鬓开始蒸腾，一忽儿又猝然消停，我的脑袋又陷进了冰窟。午时前在众目睽睽下把铃铛盗走，我是胸有成竹的。但让它不发出一点声音，我确实没有一点把握。我只能破釜沉舟，否则，将被"潜规则"。

我现在寄希望于铃铛了，但愿它只是一个传说，那铃铛根本就不会响，或者已经锈了。

我抬手间，一个不可思议的事情发生了，只见在场的人齐刷刷地把手放在了自己的耳朵上。孟凯正惊异，身后突冒出两只手，严严实实地堵在了孟凯的耳朵上。手的主人是一名两只耳朵堵着耳塞的捕快，我认得的。

我呆了仅仅半个眨眼的工夫，也下意识地捂住了耳朵。

头上的铃铛已经不见了。

我潮湿的视野里满是欢呼的人群，也包括表情复杂

🔸 第二辑　第九个是包子

的孟凯。

城外，官道。二骑翩至，带起了一阵轻风。我和孟凯的说笑声感染了路旁的野菊，清香宜人。

竹影摇曳处，鸟语撩人地。一处素宅闪现眼前。黄天元已在门口等候多时。

孟凯倒身便拜，小婿不才，岳父见谅！

第九个是包子

老赶，一名自身生活都有困难的底层百姓，却省吃俭用收留抚养多名流浪儿童。他每天到罗子煮店里免费领油条，直到一天领八根。这天，老赶领了油条，竟又走到老徐的包子店前。

新建街长而窄，自西向东走去，建筑风格从古朴到新颖，仿佛在昭示一种变化和趋势，成了这个城市的缩影。

每早，古街的牌楼下，一顺儿的小吃摊点喧嚷罗列，吸引了本市和周围郊区的人来吃早点。伴着初升的日头，忙乱而不失热情的小街，总是给人以希望和期冀。

老罗家的油条摊点是本地的老招牌。从罗子煮爷爷的爷爷开始，老罗家的油条就是新建街的一个招牌小吃。他家的油条与其他不同的是，早上炸的放到晚上还照样表脆里嫩。"不欺生，不欺弱"的祖训也是

披着狼皮的羊

老罗家的油条铺长久不衰的诀窍。客人来了，认识不认识的，罗子焘一声"叔"，一声"兄弟"就让人亲近许多。五毛钱一根油条是明码标价，你买了几根，他还会象征性地找回几毛钱，你别看他每次少挣这几毛钱，每天早上五点到十点的人头攒动就足以说明几毛钱背后的内涵。

十点一刻，还有人来买油条。罗子焘却留下了八根油条，说啥也不卖了。不明就里的就闹意见了，老罗你还吃不腻啊！店大欺客可不会长久的。老罗赔着笑脸解释，大娘，明天我专门给您留出来，现在实在对不起，我必须得留。

诸如此类，顾客还是理解的。谁都有难处，谁都有求着谁的时候。要想吃上老罗家的油条，好说，下次早点来。

十点半。罗子焘抬眼望尽了街头，也没见等的人影。他决定亲自去一趟。伙计取了印有"老罗家"字样的包装袋，仔细地装进了八根油条。

这时街面上走来一人，直奔罗子焘而来，对不起罗师傅，我来晚了。

罗子焘舒心一笑，老赶，我正要给你送去呢。

叫老赶的人数了数油条，惊讶地说，罗师傅，你怎么知道我多了一口人啊？

罗子焘叹了口气，说，老赶，你的事就是大家的事，谁不知道啊。

凝视着老赶匆匆的背影，罗子焘微微点了点头，又摇了摇头。

第二辑 第九个是包子

每天，罗子焘都把油条留出几根给这个老赶。从开始的三根，到四根，到六根，到五根，到八根，到七根，再到八根，这十二年，把罗子焘留出了白发，老赶的背也留弯了十二度。

包子店老板姓徐，在老罗家隔壁，每天收完摊喜欢和罗子焘喝喝茶，聊聊天。

老徐特意拿了袋小包装的铁观音，大声炫耀说，儿子孝敬我的，来壶水，哥俩尝尝。开水冲进玻璃杯，茶叶舒展了身体翻腾起来，一股特有的铁观音清香从杯口缓缓溢出。罗子焘探头吸了口气，窃喜，一把抓过那包没有倒完的茶叶，归我了。老徐从口袋又摸出几包，递给罗子焘，都是你的。

茶香掩不住忧思。罗子焘说，我看老赶身体越来越差了，整整十二年哪，不知道他还能坚持多久。

老徐大咧咧地说，没事，这么多人帮呢。

你能帮他解决生活上的困难，帮不了身体上的困难。

这就奇怪了哈，老赶养了这么多孩子，全部都喜欢吃油条，没有喜欢吃包子的。是嫌我的包子不好吃，还是他不好意思。

罗子焘摆了摆手，不是这么回事，是习惯。你比我年轻，有机会。

老赶的身体却是一年不如一年了。

是啊！把一个个流浪儿收进来，又把一个个孩子抚养长大送出去，真不容易，老赶从三十多岁的壮年变成四十多岁的老头。你我都显得渺小啊。

罗子焘又要往杯里续水。老徐拦住了，已经没味了，

披着狼皮的羊

换新的。端杯欲倒。

罗给阻止了，剩余的那点味还要发挥余香，浪费了多可惜。估计是怕老徐反悔，他顺势把那几包没开封的塞进了口袋。

深秋的一个早上，刚过八点，老赶就急匆匆地来了。取了那八根油条，他没有马上走，而是磨到了老徐的包子笼前，怯怯地问，有包子吗？老徐爽声道，老赶，你也有吃老子包子的时候。看老赶吓了一跳，老徐才收声，用袋子一股脑地装了一笼递给老赶。

老赶只从里面拿了一个，说，一个就行。递给老徐一块钱。

老徐恼了，去去，瞧不起老子不是，老赶你吃多少尽管拿，唉，是不是家里又添丁了？怎么有喜欢吃包子的了？

谁都没听清他低声嘀咕啥，老赶就走远了。

罗子焘猜测说，老赶收养的第九个孩子八成是个刚断奶的孩子，嚼不动油条，才吃包子的。老徐哈哈大笑，没准是个没牙的老头老太太呢。

罗顿了顿，听说老赶的大儿子回来了，我现在还记得那孩子小时候的样子，大大的眼睛，跟老赶也没过上几天好日子，十年前被他赌气出走的老婆带走的。还是儿子心疼老子。

秋阳正高。

第二辑　第九个是包子

拜　年

　　春节,是先给领导拜年,还是先给孩子的老师拜年？是先给领导正职拜年,还是先给副职拜年？甚至想到先给哪个朋友拜年,吴明绞尽脑汁,莫衷一是。这时,爸爸打来电话,原来是给吴明拜年的……

　　年三十,吴明就想着初一拜年的事。

　　一年之中只有一次拜年的机会,不能马虎。吴明拿出纸和笔,煞有介事地跟媳妇研讨拜年的事。媳妇说,神经病,拜年还用笔记？吴明说,不要小看这拜年,拜年的对象,拜年的次序,拜年的方式,拜年的时间,拜年的度都得把握,否则,将会适得其反,现在都把拜年当成拉关系走门路的黄金时期,学问大了。

　　吴明侃侃而谈,拜年的对象就不用说了,就说这次序吧,你如果先给王副经理拜年,再给赵经理拜年,赵经理就会以为你看不起他。拜年的方式更得讲究,你想想,你去拜年,这人肯定会影响着你,你觍着脸什么东西都不带,人家会高兴？再碰见人家小孩在家,你不得丢几张压岁钱？关于拜年的时间就好理解了,你上门去正好其他人在场,不是你影响他人,就是他人影响你,最终受影响的还是主人,当然倒霉的是自己。拜年还得讲究一个度,你太低三下四了,人家会低看你,你太高傲了,还不如不去,不亢不卑？你以为你是去做报告啊。

披着狼皮的羊

媳妇从来没有想过这方面的事，现在才意识到问题的严重性。

媳妇按照吴明的分析，做进一步的分析，那就先给赵经理拜年。

吴明摇摇头，你知道赵经理明年就要退了，王副经理是铁定的接班人，他们都住在一个门洞，要是给赵经理先拜年，让王副经理看见了，他上来还不捏你啊。

媳妇疑惑地说，要不先给王副经理拜？吴明说，让赵经理看见了，估计现在就把你捏吧了。

就是啊，这拜年稍不留神就会栽了，关键是栽在这上面多冤哪。干脆两个领导谁都不拜，最多落个不注重小节，但却不会惹麻烦。

媳妇提议说，要不咱去孩子他老师家拜个年吧，通过今年老师一年的关注，孩子的期末考试拿了个全年级第二名，也改掉了不少坏毛病，应该趁着春节去拜访一下，表示谢意。吴明想了想，说不用去。吴明讲了理由，现在学校都注重升学率，一个学习好的学生就是学校的摇钱树，教学经费、奖金、升职、晋级等，都是依靠升学率。咱的孩子学习好，就成老师的摇钱树了，我现在如果说让孩子转学，估计校长都会给咱拜年来。

媳妇想了半天，不管咋说明天也得去朱师傅家看看，人家的大恩大德我们一辈子也不能忘。今年刚打春，孩子和几个小朋友在湖边疯，一不小心滑入了刺骨的冰水里，朱师傅正好路过，衣服都没顾上脱，下到水里把孩子救了上来。朱师傅就是孩子的救命恩人。吴明想想也对，就写上了朱师傅的名字。可稍作沉吟还

第二辑　第九个是包子

是划掉了。吴明解释说，朱师傅对咱有恩，咱们不能忘，也不会忘，当时去慰问了朱师傅，还给他一千块钱，虽然没要，但也表示了咱们的心意。可你要知道现在是春节，如果今年去了，明年呢？后年呢？哪年不去就代表咱们从哪年开始忘恩负义了，哪年不去我们就会不安，从而造成心理负担。况且平时也可以去啊，不要非凑到春节。

吴明倒是想给朋友们拜个年。大家平时工作忙，过节了正好聚聚，喝喝酒聊聊天。可是，"二罐"刚去美国打工走；小唐带着老婆孩子去海南过春节了；"萝卜头"这半年就没见过人影；"香椿"就是在家也不敢去，老婆前两天还因为她给他发的一条暧昧短信吃醋呢；"戴星星"是老婆原来的梦中情人……

算了，还是自己在家过吧，正好休息一下。

大年初一上午，吴明家的电话突然急促地响了起来，此正是拜年的黄金时段。

电话那边沉闷了一会，响起一个苍老的声音，是明吗？新年快乐！

吴明眼窝一热，爸，我祝您和妈妈春节愉快，身体健康！这不，正要给您打电话拜年呢。

吴明爸显然兴奋了起来，语速也加快了，都是自家人，拜什么年啊？中午你们能回家一趟吗？我的意思是回我们这里一趟，一起吃个团圆饭，我和你妈也感觉好长时间不见我们的孙子了。

有股热流飞快滑过吴明的脸上，最终向心窝靠拢。

回家的车上，儿子问，大家猜爷爷今年能给我多少

披着狼皮的羊

压岁钱？

吴明却甩过来一句，回家记得先给爷爷奶奶拜年。

搬　家

阿娇从出生就跟着自己的农民工父母在建筑工地上睡觉玩耍，天空是家，天上的鸟和白云是玩具。从一个工地到另一个工地，阿娇逐渐长大，家却没变。突然有一天，阿娇有了自己的家，看到水泥房顶，没有了鸟和白云，阿娇却被吓哭了。

一只鸟轻盈地挥动着翅膀，从一个树枝跳到另一个树枝，筑了巢，飞走了，又飞回来了。

鸟巢突然被一朵白云遮住了。太阳也不见了。

躺在小床上的阿娇有点想哭。她用眼扫了一圈，周围一个人都没有，就放弃了哭的念头。

逐渐，一堵坚硬高大的墙面挡住了视线，后来，天空也不见了。

阿娇使足了劲，挺直脖子想抬起头来，但没有成功。她放开喉咙大哭了起来。

妈妈赶紧抱起阿娇，哄着，晃着。阿娇抽泣了几声，就又安静了下来。

妈妈把阿娇包好了放进一个背篓里，在阿娇红嫩的小脸蛋上亲了亲，轻声说："走啦，小宝贝，咱们又要

第二辑　第九个是包子

搬家了。"

新家的天很亮堂。

一只鸟轻盈地挥动着翅膀，从一个树枝跳到另一个树枝，筑了巢，飞走了，又飞回来了。

鸟巢突然被一朵白云遮住了。太阳也不见了。

坐在童车里的阿娇有点想哭。她用眼扫了一圈，周围一个人都没有，就放弃了哭的念头。

逐渐，一堵坚硬高大的墙面挡住了视线，后来，天空也不见了。

阿娇抓住童车的扶手，使劲把身子转过去，什么都没看见。她放开喉咙大哭了起来。

妈妈赶紧抱起阿娇，拍着，摇着。阿娇抽泣了几声，就又安静了下来。

妈妈把阿娇连童车从台阶上搬了下来，在阿娇白嫩的小脸蛋上亲了亲，轻声说："走啦，小宝贝，咱们又要搬家了。"

新家的天还是很亮堂。

一只鸟轻盈地挥动着翅膀，从一个树枝跳到另一个树枝，筑了巢，飞走了，又飞回来了。

鸟巢突然被一朵白云遮住了。太阳也不见了。

站在学步车里的阿娇有点想哭。她用眼扫了一圈，周围一个人都没有，就放弃了哭的念头。

逐渐，一堵坚硬高大的墙面挡住了视线，后来，天空也不见了。

阿娇用双脚一划，学步车快速滑行，一下从台阶上跌落下来。她放开喉咙大哭了起来。

披着狼皮的羊

妈妈赶紧抱住阿娇，摸着，亲着。阿娇抽泣了几声，就又安静了下来。

妈妈把学步车扶起来，在阿娇鲜嫩的小脸蛋上亲了亲，轻声说："走啦，小宝贝，咱们又要搬家了。"

新家的天依然很亮堂。

一只鸟轻盈地挥动着翅膀，从一个树枝跳到另一个树枝，筑了巢，飞走了，又飞回来了。

鸟巢突然被一朵白云遮住了。太阳也不见了。

坐在台阶上的阿娇有点想哭。她用眼扫了一圈，周围一个人都没有，就放弃了哭的念头。

逐渐，一堵坚硬高大的墙面挡住了视线，后来，天空也不见了。

阿娇站了起来，大声喊妈妈，只有围墙的回音。她放开喉咙大哭了起来。

妈妈赶紧抱住阿娇，说着，劝着。阿娇抽泣了几声，就又安静了下来。

妈妈拉起阿娇，并在阿娇细嫩的小脸蛋上亲了亲，高兴地说："走啦，小宝贝，咱们要搬家了。"

新家很小，没有小鸟，没有白云。

阿娇放开喉咙大哭了起来："我害怕，我不要住这个家。"阿娇见妈妈也哭了，就赶紧用小手擦拭着妈妈的脸："妈妈不哭，阿娇不惹妈妈生气了。"妈妈突然扑哧笑了，在阿娇的脸上使劲亲了一口，说："妈妈不是生气，是高兴。"

市晚报刊登了这样一则消息：

为感谢外地农民工对本市建设所做的贡献，市委市

第二辑　第九个是包子

政府做出决定：凡在本市工作八年以上的农民工，将和本市市民一样享有经济适用房的购置权。截至目前，已有120多户符合条件的外地农民工拿到了新房钥匙。

阿娇家就是其中之一。

老白干

老板忍无可忍，拉亮灯准备催促老白干回家，突然愣了，只见老白干的手里拿着一根铁钉，头上被嘬得闪闪发亮。是什么让他嗜酒如命，他为何只能去"鲁豫饭店"蹭酒喝？

安济路贯通鲁豫两省，齐刷刷地把千口村一分为二。省道两旁鳞次栉比的小店显示了千口村人较强的经济意识，村东头的"鲁豫饭店"是其中一个。

聊城的货主小王初次到河南拉货，被司机领到"鲁豫饭店"就餐，要了两个小菜半斤散酒，就自斟自饮起来。刚喝了两口，一位穿着打扮在农村来讲还是比较讲究的中年人端着酒杯凑了过来，兄弟，山东的？顺势就坐了下来。小王忙答应，聊城的，来河南拉点货，来吧，哥，坐这喝两杯。山东人比较豪爽。

那中年人喝了几杯，突然哭了，兄弟，你说人这一辈子最痛苦的事是啥？小王第一次遇见一个大老爷们儿在自己面前痛哭流涕，有点不知所措。哥啊，有啥事就

披着狼皮的羊

说出来，别憋到心里。中年人像是见到了久违的亲人，开始痛说家史：老婆跟人跑了，把家里的东西鼓捣光不说，后来竟然把领走的孩子送了人，他多次出去找，至今连个信也没有。

小王唏嘘不已，深表同情，一边给他倒酒，一边劝他想开点。后来，那中年人干脆就自己倒了起来。说话间，半斤白酒已经有三四两进了那人肚里。

回去的路上，司机告诉小王，以后见了那人不要理他。小王纳闷。司机说那人是个酒晕子（当地对酒鬼的叫法），外号叫老白干。家里老婆根本没走，有儿有女的。他赢得别人的同情，是套近乎蹭酒喝的。小王算是开了眼。

老白干的大名在千口村是响当当的，从三岁的小孩到八十岁的老人，无人不知。喜欢蹭酒喝，喝酒不讲究好赖，人送外号"老白干"。至于他的原名大家却记不得了。

老白干原来是不喝酒的，还在县城有个令人羡慕的工作。人老实、肯干，颇得领导和同事喜欢。在那个特殊的年代，老白干懵里懵懂被拉入派别之争。一天晚上发生了武斗，他仗着气盛，一棍子将对方的一个人给夯趴下了。在武斗中打死打伤人本来是正常的事，公检法都被砸烂了，根本没人管。那是他第一次打人，还打得这么严重。最让他不能原谅自己的是，后来听说被他夯倒的那人是他的一个远房侄子。当天晚上他喝了第一次酒，喝得烂醉。从此，他就沾上了酒。不过，喝归喝，却从来没有误过事。被他夯残的远房侄子后来虽经治疗，

第二辑 第九个是包子

还是落得个左腿残疾。

一次晚饭，老白干又喝高了。那天老白干当夜班。厂房电线短路起火，调度通知电工断电，值班电工老白干正一身酒气地酣睡。幸亏有人反应快，直接冲到值班室拉下了电闸，虽然没有造成重大损失，却给新厂长一个下马威。还没等新厂长表态如何处理，老白干二话没说，卷起铺盖就走。按照老白干的话，两清了。

失去了工作的老白干回家跟老婆种地去了，却与酒结下了不解之缘，并且逢酒必喝，每喝必醉。他说他和酒前世是兄弟，要不，为啥一见面就谁都离不开谁。开始，老白干虽然蹭酒喝有点讨人烦，但人家喝完酒不闹事，这让千口村的人对他还不是很反感。老婆也不指望他养活一家老小，自己干自己的，他喝他的。在经济上却限制，不让他摸钱。老白干没钱买酒可就要命了，没钱就蒙，就骗，反正只要能让喝两口，什么尊严、脸面，统统可抛。老婆也懒得理他，对他说的最多的一句话就是，早晚得喝死你。

老白干又在"鲁豫饭店"蹭酒喝，一手端着酒杯，一手拿只鸡爪，这是他喝酒常用的家什。抿一口酒，嘬一口鸡爪。鸡爪太小，他舍不得下嘴咬。这时客人已经走完，老板就故意拉灭了灯准备打烊。老白干也不在乎，灯光对他来说是可有可无的东西。突然手一抖，鸡爪掉了，他摸黑捡起来又接着抿一口酒，嘬一口鸡爪。老板忍无可忍，拉亮灯准备催促老白干回家，突然愣了，只见老白干的手里拿着一根铁钉，头上被嘬得闪闪发亮。

老板也常叹息，就算是我前世欠你的。起初，老白

披着狼皮的羊

干是不去"鲁豫饭店"的。但其他饭店只要一看见老白干走近,就"哧"的一声像哄鸡子一样赶他走了。老白干很能影响饭店的人气。当老白干尝试着踏进"鲁豫饭店"时,老板却接纳了他。

老婆的诅咒应验了,老白干最终死在了喝酒上。一年冬天,喝醉的老白干从床上滚到了煤火上,竟被烧死。一点挣扎的痕迹都没有。

一天,"鲁豫饭店"老板在打扫卫生时,猛然一抬头,看见老白干兀自坐在他常坐的座位上,眯起眼睛还在很过瘾地抿酒。

老板抚了抚自己伸不直的左腿,叹了口气说,走好吧!二叔,我都没事了,你怎么一直和自己过不去呢?

堂舅张良

我一直以为堂舅是我家人,稍微懂事了,才知道张良其实是我的亲戚,准确点讲,堂舅张良是母亲的堂弟。他有家有口的,为何长期住在我家?

"哼……呵……"爷爷在堂屋含混地呻吟着,正在西屋吃饭的堂舅张良立马放下饭碗飞奔过去。爷爷的声音有时微弱得像蚊子,也晃不过堂舅张良的耳朵。堂舅张良用瘦弱的肩膀扛起爷爷僵硬的身体,帮爷爷翻身,然后趴在爷爷耳边嘘寒问暖。

第二辑　第九个是包子

我一直以为堂舅是我家人，稍微懂事了，才知道张良其实是我的亲戚，准确点讲，堂舅张良是母亲的堂弟。

那年，堂舅妈怀孕了，让巫婆看了，说是男孩。前面三个孩子都是丫头，他们一心想要个男孩。当时计划生育抓得正紧，村计生办的人就把堂舅妈堵在了家里，非要拉她去流产。张良急了，挥起铡刀，吓退了村干部，带着怀孕的堂舅妈摸黑跑了。十天后，两人躲进了我家一个废弃的后院，靠母亲偷偷送饭得以生存下来。

这下不得了，张良刀砍村干部未遂，又严重违反计划生育政策，成了乡里的典型。于是，堂舅张良家被封，自留地被收回，户口也被勾销了，还到处被通缉，一时成了新闻人物。

七个月后的一个晚上，堂舅妈在我家西屋炕上顺利地产下一个女婴。堂舅彻底绝望了。家是回不去了，也不敢打听他母亲和他母亲照看的三个女儿的情况，怕有人告发。

长期在我家吃住，堂舅觉得不好意思，况且我家的境况也不是很好，就决定先让堂舅妈天黑后带着孩子去投奔她的另一个亲戚，他再想别的办法。

堂舅妈走的第二天中午，有赶集的人回来说，在去她亲戚的路边河沟里浮上来两具女尸，一个大人抱着一个满月的女婴。正是堂舅妈母女。堂舅张良一下垮了，在西屋的炕上躺了三天三夜不吃不喝，曾经神智都不太清醒。母亲明知徒劳，也只有好言劝慰，别无良策。我家兄弟姊妹多，上有爷爷体弱多病，再加上堂舅张良，口粮有限，靠家里的几亩薄田已经难以维持生计，还得

披着狼皮的羊

供给两个孩子上学，父亲就去外地做工。于是，堂舅张良就顺理成章地留下来帮母亲做工。堂舅张良将地里家里的活计打理得比父亲在家时还仔细，我们也俨然将堂舅张良当成了家人，甚至觉得堂舅张良比父亲还要好，父亲烦躁时还会拿我们撒气，堂舅张良却不会，任我们逗耍玩闹也无妨，倒是母亲有时看不过眼呵斥几句，以示尊卑。

邻居们都知道堂舅张良的底细，并没有人告发。

不久，爷爷中风瘫了。父亲要回家照顾爷爷，母亲说："你回来咱爹也好不了，还不如挣点钱给他治病，这里有张良呢，我也省了不少心。"一旦爷爷有了召唤，堂舅张良就会在任何时候出现。知情的邻居说，就是儿子做到这份上也是很不错的了。

张良终于有了三个女儿的消息，两个小女儿跟着在城里工作的舅舅走了，听说一个在打工，一个在上学。大女儿起初在家伺候逐渐不能自理的奶奶，奶奶去世后，她还不到十八岁就嫁到了邻村。堂舅的母亲去世时，堂舅回家办了后事。村干部已经换了几茬，没人再去追究当年的问题。堂舅张良终究没有留在本应属于自己的家里，他又回到了我家。我家需要他，他也觉得有点离不开这个家了。

我们兄弟姊妹围住他，像是见到久别重逢的好朋友。我们原本以为堂舅张良再也不会回来了，有种失而复得的感觉。

但是，堂舅张良还是走了。后来，我分析，堂舅张良的走是觉得自己在我家已经起不到原来的作用了，因

第二辑　第九个是包子

为，爷爷已经在那年的秋天去世，父亲回到家里不想再出去了。他一再声明要去外面闯闯，没有别的意思。既然去意已决，谁的挽留都是多余的，都不能动摇堂舅要走的决心。

堂舅张良去了东北，那年，他五十二岁。堂舅捎信说，他在工地上找了一个出力的活，虽然挣钱不多，可也痛快。这让我们稍稍心安。更让我们欣喜的是，堂舅张良竟然还找了个媳妇，当地的一个寡妇，带着两个孩子。我们发自内心地为堂舅高兴，一再从电话里分享到他的快乐。

据在东北经常和堂舅张良在一起的一个老乡回来说，寡妇要求张良每月交给她五百块钱，供给她的两个孩子上学，只给张良留点基本生活费，却找种种理由不让张良回那个原来是那女人，现在是他们共同的家。如今已是初冬，有人见他还穿着单衣，就劝他和那女人离婚算了，还能留点养老的积蓄。张良只是摇摇头，说，都不容易。

我的手机响了，一个陌生的号码。我犹豫了一下，还是接听了。是一个惊喜的声音："是你吗？大坤，我是张良啊，你舅。"我兴奋地问："舅，你还好吗？现在怎么样，什么时候抽空来看我们啊？""我现在很好，你看，这是你舅妈给我买的大衣，哦，你是看不见的，哈哈，你放心，我很好，两个孩子都把我当成了亲爹，对我亲着呢！唉，大坤，你怎么不说话啊，你听得见吗？"

堂舅张良的影像在我的泪水中又逐渐清晰起来。

当初，如果张良懂法，哪会落到这步田地。

捐不出去的钱

多年前，老沈出了一场车祸，肇事者放到医院两千块钱后就不见了。小沈曾两次想偷着把家里的一笔钱捐了，都被父亲老沈拦住。车祸和捐钱之间有什么密切关系呢？

东方刚露鱼肚白，小沈就睡不着了。

他蹑手蹑脚靠近父亲的房间，把耳朵贴在门上。没有动静。这才松了口气。

他打开客厅的大衣柜，中间靠右的抽屉里有个信封。他打开信封瞅了瞅，忙又合上装进口袋。

电话里，老彭说，你去单位找我吧，我们九点上班。

老彭说，小沈你可想好了。

老彭说，好吧，谁叫咱俩是同学呢！

十分钟后，老彭在楼下给小沈打电话，说你下来吧，我把手续都带来了。

小沈说，一共一千三百五十八块七毛五，你数数。

老彭说，我先给你填单。

老彭刚从兜里拿出笔和一打票据，突然一抬头，脸上立马堆起了笑容，叔，去锻炼了？怪不得呢，您老身体一直保持这么好，看着比我还强壮呢！

老沈挥了挥手里的剑，说你俩一大早就在这嘀嘀咕咕，肯定没好事。我可告诉你们啊，别想打我那笔钱的

第二辑　第九个是包子

主意。

小沈说，爹，你咋这么固执呢，捐了我们都省心了。

老沈头也不回地走了。

小沈抱歉地说，算了，老彭，让你白跑一趟。

老彭说，我刚才就说让你想好。

我早就想好了，是老爷子脑筋不开窍。本来想趁他不在家，没想到他提前回来了……

房间里，老沈盯着小沈。小沈瞪着老沈，手还是不自觉地把钱放进了抽屉。

小沈说，捐了不就省心了，放在家里还会招小偷。

老沈说，我只怕家贼。

老沈说，上次要不是我发现及时，就被你捐了。

小沈说，爹，你真拗。

老沈说，我要不拗，你的拗是从哪来的？

从小区东门到公园，走直路只有五分钟。新修的路宽敞，地面平整，四季都有花香鸟语。

老沈每天到公园锻炼却不走东门，还是出北门走那条逼仄的小路，绕远不说，路也不好走，偶尔还有人从楼上倒水倒垃圾。被淋过两次水的老沈仿佛一尾只有七秒钟记忆的鱼，依然执着地走这条熟悉的小路，不忘初心，乐此不疲。

那年，老沈就是在这条小路的出口撞上了一辆电动车。确切地讲，是一辆电动车撞了老沈。老沈一下躺在地上，脚踝疼得站不起来。骑车人起初想跑，被路过的邻居给按住了。老沈和家人都说，我们不会讹你，你按医院的规定，先交两千块钱押金。如果钱不够，多的部

71

披着狼皮的羊

分我们自己出,如果花不完,我们就退给你。

住了两天院,老沈执意要走,反正没有大碍,在家一样休息。一结账,医疗费花了几百块钱,还剩一千三百五十八块七毛五分钱。

老沈和小沈的意见起初是一致的:剩下的钱一分不动退给骑车人。

骑车人的电话开始还有彩铃响,就是无人接听。后来,再后来,老沈联系骑车人,最后就只有"您拨打的电话已停机"了。他们就四处寻找骑车人。当时未报案,医院也未登记骑车人的信息。后来老沈天天走那条小路,希望能再次遇见骑车人。

骑车人竟然像空气被吹散似的,没有了一丝踪影。

那时,小沈正在谈对象。后来完成了结婚、生孩子、孩子上学等一系列人生大动作。有时经济上不宽裕,借了亲戚借邻居,但,躺在大衣柜里的那一千三百五十八块七毛五分钱却分文未动。

转眼,小沈的儿子已经上小学三年级了,小沈说,爹,看来这笔钱是还不回去了,咱捐了吧,也图个心安。

老沈说,不行,说好的要还,必须还,找到他的家人也行。

在寻人无果的情况下,小沈两次瞒着老沈找民政局的同学老彭捐这笔款,虽有意避开老沈经常出现的时间、地点。但,都不巧被老沈撞见。小沈说,俺爹有预感。

一天,老彭打来电话。小沈说,你也死了这条心吧,这笔钱就是烂在抽屉里,我也不捐了。

老彭说,不是捐钱的事,我打听到了骑车人的消息,

第二辑　第九个是包子

你说巧不巧，他是我一个同事的亲戚，其实，他也知道你在找他，但不知道你为什么找他。

那天晚上，小沈给老沈端了一杯酒，说，爹，我终于完成了您交给的任务。

遗像里的老沈仿佛笑容更灿烂了。

第三辑　紫光迷情

　　导读：小翠是一家饭店的服务员，一次给客人端汤时，发现戒指上的钻石不见了。她怀疑是自己端汤时，不小心把钻石掉进碗里，又被客人喝进肚子里。小翠不惜宾馆开房失身于那个丑陋令人恶心的客人，试图从他的排泄物里找到这枚钻石。结果一无所获。失望的小翠走出宾馆时，竟然从自己的口袋里找到了这枚钻石。这枚钻石之所以珍贵，不仅仅是因为它的经济价值，关键在于送钻戒的人对小翠至关重要。

女左男右

　　卫生间的惊呼引起一段姻缘，结果出乎意料，又在意料之中。陆蔓蔓说，幸福和梦想是等不来的，主动把握机会，成功的几率才会更大。这句话虽然有点莫名其妙，但姊妹们很服气。

第三辑　紫光迷情

哎呀——

一声尖叫，划破了寂静而又忙碌的空气。

花容失色的陆蔓蔓超音速般地从卫生间跑出，差点和门口拖地的曹箐箐撞个满怀。

衣冠不整的陆蔓蔓面色绯红，娇喘吁吁，曹箐箐看着都怜呢。

事件突发在刚上班后的十分钟，员工大多在打扫卫生，清理桌面，一下被陆蔓蔓娇喝吸引到了卫生间门口，一看究竟。

卫生间并排两个厕所，左边的门大开，门上那个小辫子的女性图案，让男士们都眯了眼不好意思把眼光投进去。好奇而眼尖的女士们都绷紧了眼球，把光线定位到厕所的每一个角落，恨不得把地砖戳穿。

起初紧闭的右门这时打开了。一个高大帅气的男生惊诧奔出。看表情，他惊诧于自己上厕所还会招来这么多人围观。

男生庞又见的无辜显然是令人不满意的。他手里的手机让大多数的女生和很多的男生联想了很多，对陆蔓蔓添加了许多同情。

从对庞又见的不屑之举回到对厕所设计者的意见，同仁们工作之余就又多了一个话题，倒也解闷。

男女厕所原本分布在楼道的两边，一边是男厕，一边是女厕。可办公室的男女是搭配并均匀分布的。一有状况，所有的男员工都要一股脑地到走廊的一头解决，女员工到相反的位置。按说，大家只当锻炼身体，借如厕活动活动也是有好处的，关键是内急的情况，有时就

披着狼皮的羊

会急不可耐，险象环生。

新领导上任，一次肚子闹情绪，差点出状况，一句话，厕所就成了男女并列式，楼道两旁各一对。

男女同时如厕，女职工就会很尴尬，小心翼翼地处理完，再小心翼翼地走出去，恐怕一不小心让隔壁人听出不雅音符。平日低头不见抬头见的，多不好意思啊。

曹箐箐心目中的帅男生庞又见变成了猥琐下流的坏孩子庞又见。曹箐箐梦里都骂醒过好几次，披着羊皮的狼，人面兽心等恶毒的语言都摞在庞又见身上都不屈他。面对曹箐箐的变化，庞又见却当没事一样。这让曹箐箐很失望，并联想到惯犯一词。其实，庞又见原本对曹箐箐并没有超越同事的表示和眼神，是曹箐箐把庞又见多次拉进梦里和自己约会。曹箐箐敏锐地发现，同此一梦的女友们也有此遇。

庞又见人长得高大帅气，是单位去年招来的研究生。小伙子勤快热情，还是运动健将，走在街上都很拉风，着实烘晕了一帮小女生。

陆蔓蔓说，庞又见的左手背有一个蝴蝶文身。曹箐箐曾亲自到厕所进行验证，由同性并列的厕所改造成异性并列的厕所，隔板下面的空隙依然保留着，别说手机，连手都可以伸过来。

蹲着的曹箐箐看见那只手拿着手机又伸了进来，对准她不停地按快门，左手背豁然一只蝴蝶。她猛地一激灵。

和庞又见擦肩而过的一瞬间，曹箐箐在庞又见的手

第三辑 紫光迷情

背上验证了梦境和陆蔓蔓所见。这个庞又见,你白长了个好外表,却让你龌龊的心灵给毁了。我幸亏发现得早,要不,后悔的是自己。

罪魁祸首的厕所不得不恢复了原来的状态。一有状况,所有的男员工都要一股脑地到走廊的右边解决,女员工都要一股脑地到走廊的左边解决。

一天晚饭后,室友神秘地把大家召集起来,大家猜,今天我遇见谁了?

遇见凤姐了?

李易峰?

错,给你们三次机会。

大家都不吭声。

我碰见陆蔓蔓和庞又见在一起。

这个消息有点爆炸,一下又激荡了女生们敏感而又淡漠的心。几张脸不约而同地组成了蒜瓣的形状,要一寻究竟。爆料的女生反倒有点紧张了。

陆蔓蔓被曹箐箐一伙堵在了宿舍。聚餐是个借口。

曹箐箐恨恨地问,陆蔓蔓你说,你那天在厕所到底看见什么了?

虎视眈眈的几双眼并没有引起陆蔓蔓的情绪变化。陆蔓蔓满脸春光,压低了声音,仿佛是透露一个秘密,我看见了一只蟑螂,一只大蟑螂。

是不是庞又见这个大蟑螂?有个女生快嘴。

不会吧!你们怎么会这样认为?

你怎么从来没有说过这个事实?

我从来没有隐瞒什么,只是没人问过我原因。

披着狼皮的羊

对于庞又见手背的蝴蝶文身，陆蔓蔓说既然你能看见，别人也可以看见。为何把两件事联系在一起，向龌龊处想呢？反倒是大家的不对了。

众女生恨不得一齐扑上去把陆蔓蔓痛扁一顿，有人甚至用"一根狗尾巴草插在了奶油蛋糕上"来解恨。曾经暗恋庞又见的众女生们根本看不得长相普通的陆蔓蔓傍上帅气又前途的庞又见，这也让几个长相姣好，原来被认为和庞又见是天生一对的女生们很是悻悻然。

直到一天，陆蔓蔓和庞又见第一次公开勾肩搭背走在马路上。庞又见一脸幸福。

在陆蔓蔓和庞又见的婚礼上，众姊妹起哄非让陆蔓蔓谈谈自己的心得。

陆蔓蔓说，幸福和梦想是等不来的，主动把握机会，成功的概率才会更大。这句话虽然有点莫名其妙，但姊妹们很服气。

诱惑葡萄

他和小乔的一点小暧昧，竟然每次都被老婆掌握得清清楚楚。一次他终于发现了内奸。可，当小乔这颗诱人的葡萄终于投进了他的嘴里时，老婆竟然宣布他通过了考验。

一个普通得掉渣的日子。

第三辑　紫光迷情

他在办公楼下遇见了小乔。

小乔说，听说师兄通过了计算机能力考试，不请客，恐怕对不起师妹对您的仰慕吧！

情况来得有点突然，日常伶牙俐齿的他吭哧了半天也没应对出一句完整的话。其实这不怪他，平日里小乔是不和他这样的凡人搭腔的。他和他的弟兄们私下称俏丽美艳的小乔为剩女，一是吃不上葡萄说葡萄酸；二是吃不上葡萄说葡萄酸。

当可人的葡萄摆在面前时，他口水都不敢流。都是一个单位的，一男一女在一起吃饭，可是有讲究的。

下午下班，他还是神差鬼使地试着约小乔去"巴黎风情"咖啡厅喝晚茶。让他意外的是，小乔竟痛快答应了。

那顿晚餐吃得很有情调，他仿佛找到了初恋的感觉。柔和的灯光下，穿着性感而又不失典雅的小乔简直就是一颗青翠欲滴的玛瑙葡萄。

第二天，他刚要上床午休，就被老婆踢了下来，老实交代，你昨晚和谁一起吃饭了？还骗我说是加班吃工作餐，胆肥了嚆。他当然不敢说实话，他知道说实话的后果。

昨晚没有遇见哪个熟人啊？

老婆跟踪？自己没这方面的劣迹，不至于招来影子。

还是——？

绞尽了脑汁，他也没有弄出个头绪来，反倒生出些许悔意。毕竟是第一次。

再遇见小乔，他就故意走得快点，或者慢点，和小乔拉开距离。

披着狼皮的羊

又是一个普通得掉渣的日子。

他走到办公楼第五个台阶时，听到后面那个令人胆怯却又期待的声音。

小乔问，明天你们去市里办事吗？我想搭个车。

他想了想，有可能去，如果去了，给你联系吧。

第二天，他给单位要车，说是给市局送一份资料，上面急着要呢，上午必须送到。办公室主任为难地说，车一大早就全部派出去了，你自己想办法吧。

他立即拿出手机，要了一辆出租。

副驾驶的座位是给小乔留的，但小乔却拉开后门，和他坐在了一起。有了那次的晚餐，他心里一直有所戚戚。现实的小乔就坐在自己身旁，身子随着车子的晃动，柔软的身子时不时地碰着他的手臂，飘起的长发偶尔拂过他的耳边。他的心脏就很不规则地打鼓。漂亮高傲的小乔是单位众多未婚和已婚男人心中可望而不可即的女神。但，漂亮的女人也有七情六欲啊。

他找了个话题，你叫我师哥，咱们好像没在一个学校上过学啊？

小乔转过脸来，满面含春，你不是在区驾校考过驾照吗？我也是那里的毕业生啊。

就是，就是，咱们都是区驾校的校友，呵呵——

路很远，但他希望路还应该再长些。可走了不到二十公里，小乔开始脸色发白。他轻身问，没事吧。小乔摇摇头。她晕车。

不知什么时候，小乔的头靠在了他的肩上。过了一会，他换了个姿势，他的手顺势从后面揽住了小乔的

第三辑　紫光迷情

纤腰。

一切来得比想象的要快得多，他胸腔里已经是紧锣密鼓汹涌澎湃了。

司机见惯了这样的情形，后座的事情好像和他无关，始终四平八稳地履行着自己的职责。如果换成单位的司机，他有这样的机会，也得放弃。真是天意啊！不知怎么，他眼前竟然晃过老婆的脸，但能看得出那张脸的无奈。他突然想笑。

晚饭还没上桌，老婆就揪住了他，你今天是不是和别的女人一起出去了？还抱着人家。这下他彻底懵了。这晚，连睡沙发的权利都被剥夺了，他躺在客厅的地板上思绪万千，一会回味小乔的体香，一会回忆整个事件的过程。

他突然想起小乔下车时回眸一笑，想起爱吃醋的老婆对此事的处理并不像日常的暴风骤雨。难道是老婆对自己的考验？

一天周末，老婆接了一个电话。他从分机的来电显示和偷听到的只言片语证实了此事。

小乔在他眼里成了白骨精。他恨不得变成孙悟空打她个粉身碎骨，可小乔却化作一阵风，飞了。

后来，他和小乔因为工作关系成了QQ好友。他和小乔常在附近的一个早点铺偶遇，给了两人不少一起吃饭的机会……

当合适的时间和合适的地点融合在一起时，挡都挡不住。小乔这颗诱人的葡萄终于投进了他的嘴里。

那天下班后，他疲惫地推开家门。老婆好久不见的

披着狼皮的羊

笑脸,让他感到了黑暗前的黎明。摊牌是早晚的事,他做好了各种心理准备。

坐在满桌美味前,他鼻腔却满是硝烟和火药。

老婆终于谈起正事,前段时间是我托小乔在考验你,她今天给我兜底了,说原来的事是她编的,你们之间根本就没有任何接触。我现在宣布,你通过了本次考验。

说完,老婆把幸福的嘴唇印在了他脸上。

紫光迷情

一个人的名字如不是现成的汉语词语,当紫光输入法直接打出了这个人名时,说明这台电脑曾经输入过这个名字。一个女人发现自家电脑上的紫光输入法直接能打出另一个女人的名字,猜疑也来了。其实,输入法只是个道具,信任才最重要。

超和敏都是令人羡慕的白领,在同一个大型公司的不同部门工作。

这是一对模范夫妻,别人这样认为,他们自己也这样认为。

每当下班,大家总是看见超或者敏在大门口站着,在等另一半。

从来没见过两个人红过脸,吵过架。进出都见小夫

第三辑　紫光迷情

妻手挽着手，成双成对，羡煞了多少人。

　　超的部门来了新项目，开始早出晚归，有时还在现场吃饭。敏起初不适应，但对于干工作，敏理解，她在心里和行动上都支持超。

　　一人闲着无聊，敏就开始上网，看化妆品的广告，看美容的信息，有时也和不在这个城市的小姐妹们聊聊天。

　　看到网上有教给女人怎样分析老公偷情的十条迹象，并指出了疑似、确诊等症状具有的特征，挺有意思的。敏觉得有些人真无聊，还能把它上升到理论。

　　时光也就这样一天天地打发了去。

　　超经常不在家吃饭，敏也懒得做饭，出去在地摊上吃点小吃，要不就回家下方便面。生活上没有了规律，脸上就开始长出了红点。

　　听同事讲最近出了一种新化妆品，叫"肤白佳"，对光洁皮肤很见效，有人反映效果不错。吃过晚饭后，敏就上网用3721网查找同事介绍的化妆品。

　　敏用的汉字输入法是紫光拼音。她快速地敲击出"肤白佳"三个字的第一个字母"f b j"。其实，等她敲出最后一个字母"j"时才感到好笑，自己根本是第一次敲这个名字，怎么会默认词组呢？又不是固定的名词。

　　当她习惯性地去敲回格键时，突然，手停住了。她发现，刚才敲出的"f b j"三个字母组成了两个词组"1 费冰洁　2 发报机……"。不用说，"2 发报机"是紫光自带的词组，而"1 费冰洁"是个人的名字，而且是敏很熟悉的名字。她是和超坐在一个办公室的

披着狼皮的羊

同事。

那个费冰洁人长得漂亮,单位人称一朵花。别看她起个冰清玉洁的名字,实际是个风骚不甘寂寞的女人,隔个三天两头就会闹出一桩绯闻,很受单位女人的敌视。她和老公坐在一个办公室。有同事就经常开玩笑说,小心超让那个小妖精吃了去,你看她那副见不得男人的骚样。

她本不是那种胡乱猜疑的庸俗女人,自己的男人什么样,自己最清楚。

可是现在自己家的电脑上出现了男人女同事的名字,关键是个风流女同事的名字。一晚上,"费冰洁"这个名字一直在敏的眼前闪来闪去,等超后半夜盔歪甲斜地回来时,敏迷迷糊糊刚睡着。晚上,敏就做了多年来的第一次噩梦,梦见超真的被那个费冰洁勾走了,惊醒后看见超躺在身边鼾声如雷,才稍稍安定。一会儿又梦见费冰洁变成吸血鬼把超给吸干了,就又惊醒,整个晚上敏都没有睡踏实。

第二天上班后,敏工作起来显得有点心不在焉,说话前言不搭后语的,一张报表做了四五遍都被主管退了回来。平时,敏出的活是部门里最令人放心的。

她自己也在给自己说,不就是输入法里出现了一个名字吗?能代表什么?有可能他回家后整理人事资料,曾经输入过那个名字呢,毕竟超还是他们部门的一个小头头嘛。

唉,对了,这倒有可能。敏的心情倒是宽松了许多。

晚上一坐到电脑旁,她还是不能自已。

她想,既然他整理人事资料,不会只是一个人的名字,

第三辑　紫光迷情

她还知道他们单位今年刚分来的那个大学生，叫林海蒙，小伙子经常去她单位送技术指标分析报告，她认识。

她怀着希望是又希望不是的复杂心情敲入了林海蒙的头三个字母"l h m"，突然，她笑了，见上面有"1 癞蛤蟆……"。看后面并没有那个林海蒙的名字，这下，敏又跌入了迷雾之中。

敏不愿相信超会做出对不起自己的事，可出现这种情况又怎样解释呢？她还发现，超现在是天天加班，回家倒头就睡，手机回家就关，说话越来越少，已经属于有外遇迹象的疑似症状。再加上那个一直抹不去的费冰洁的名字，敏觉得事情已经很严重了，已经到了非端底不可的地步了。

在敏的一再追问下，超开始还笑笑，老婆，你饶了我吧，想什么呢？敏就不让他睡，超硬挺着睁不开的眼睛，一副委屈的样子。后来只要敏提起这事就干脆不说话了。只要你没当场按住我，我就死不承认，这是男人惯用的方法，是网上说的。

有了公开的追问，两人就感觉有些疏远了，就开始有了争吵，有两次吵架，敏还回娘家住了几天。再后来，敏到超的单位去闹了，很让超下不了台。敏并不后悔，她不能接受自己平时恩爱的丈夫做半点对不起自己的事。越是恩爱的夫妻越容易受到伤害。

半年后，超所在部门的项目完工了，又恢复了原来的作息时间。下班时，门口看不见超或者敏在等人了，看不见两个人双双对对的身影了。就连超开始忙时还保持两三天一次的床上作业，也让敏给彻底取消了，这让

披着狼皮的羊

超很恼火。

当超提出离婚时，敏哭了。她想挽留超，超没有同意。这更验证了敏的猜测。

超收拾完自己的东西，突然想起了一件事，你在紫光拼音里看到的那个名字，我后来想起来了，是你帮我整理女职工档案时输入的。

如梦惊醒，她觉得自己比窦娥还冤。

失落的钻石

小翠为了找回丢失的钻石，不惜失身于她怀疑的胖子，并无所获。钻石最终找到了，但与胖子无关。在小翠的身体和男友的信物之间，孰轻孰重？答案看似简单，其实，还真没这么简单。

小翠想换个姿势。那胖子却很执着，始终保持一个动作。足有200斤的一坨肉压得小翠气都喘不匀了。

终于，那坨肉停止了动作。肉球上伸出一个不太明显的脑袋，他上气不接下气地问，你，你刚才说什么？

小翠赶紧坐起来，抓起一件上衣裹住了上身，身体努力保持着竖立，她能明显地感觉到体内有股浊液溢出。她突然想吐，却忍住了。

小翠重复了一句，猪八戒跳楼。

肉球一笑，大嘴叉子裂到了耳根，小翠明显感觉到

第三辑 紫光迷情

酒精的后劲有一股明显的口臭。

"哇——"小翠翻江倒海起来。

趁肉球去卫生间倒污物，小翠翻身从随身的口袋里掏出一包粉末，倒进了一只水杯。轻微的晃动后，那白色粉末立即就和水融进了一起。

肉球抿了一口水，接着笑，笨，我可笨，真的不知道。

小翠乜斜了一眼，——死胖子。

肉球笑了，灿烂地笑了。小翠也笑了。

显然，肉球被这个和谐的气氛感染，他再次被冲动了。他翻过身去，飞快地扒去了小翠刚穿上不到十分钟的衣衫。眼看小翠的最后一件内衣即将失守，肉球突然停止了动作，捂着肚子飞快地跑进了卫生间。

肉球正畅快淋漓地排泄，猛听得房间里小翠大叫，呀，来人啊，救命啊！

肉球夹着屁股，提着裤子奔了出来。

小翠面红耳赤指着地上大叫，快来呀，吓死我了。

肉球低头一看，哭笑不得。一只蟑螂正飞快地钻进床底。

小翠抢也似的撞进卫生间，反锁了门。肉球急得大叫，我还没完呢，姑奶奶，快点。

小翠顾不上窒息的恶臭，用一只棍搅了搅马桶里肉球的排泄物。

没有。

再搅了搅。

还是没有。

小翠一下差点瘫了。

披着狼皮的羊

她的大脑飞快地过着电影……

她给肉球端菜——肉球摸了她的手——她的手一抖——汤没有撒,却漾出了一根粉丝——粉丝耷在了她的中指上(那根手指带一颗戒指)——她趁肉球不注意,抬手又把粉丝挑进了碗里——十分钟后,她发现戒指上的那颗钻石不见了——戒指上的黑洞像失去了眼珠的眼睛。

门外的肉球还在急切地敲门。

敲门声并没有打断小翠的思路。一幕幕接着在眼前蒙太奇。

她假装给肉球倒水,并殷切地问他是哪里人——她的眼球在地面桌面上不停地逡巡——他趁着酒兴死死拽住她的手——肉球的死党开始起哄:回家!开房——她失望的眼神——她盯住了他的汤碗——汤碗空空……她用自己的身份证开了房间——胖子把她压在床上……现在。

每个细节,每个动作,都被小翠过了一遍筛子。现实表明,她的钻石确实丢了。

肉球几乎把门给敲碎了……

小翠把淋浴开关放到最大。她把全部的沐浴液倒在身上。她使劲地搓着身上的每一寸皮肤,和每一个毛孔。

丢失了钻石的小翠如同丢魂儿的野猫,她紧紧地抱住双臂,恐怕再从怀里跑出个什么。小翠死死地拽住衣角,像是拼命守护着最后一丝稍纵即逝的体温。此时,广场上的阳光正刺眼。

她突然站住。

第三辑　紫光迷情

她松开了紧握的手指，抠唆了半天，从衣角的口袋里掏出一颗晶莹剔透的球状物。

嵌上钻石的戒指，如同失明的眼睛安上了眼球。钻石在阳光下折射出七彩光，耀得她双眼只打晃。

钻戒是男友大梁送给小翠的定情物，花了大梁半年的薪水。热恋中的小翠把这颗钻戒看得比自己的生命还重要。

倒数第一个清晨的情事

第一次我就被他身上的那股野性所倾倒，他言语很少，酷。他的眼神写着一股灵气，一举一动透着潇洒，每次我都不敢正眼迎接他投来的目光。看他贪婪地嚼着我偷偷从家里拿出的美味，我的幸福就与他身边剩下的美味成了反比。

前面站着的是他，就是那个令我魂牵梦绕的身影。他瘦了。

有些凌乱的他披着晨光，那叫个帅气。像崔健？像姜文？浑身透着的一股野性，压抑得叫我透不过气来。

一只雀从头顶飞过，他的身子一震，我才知道还真有弱不禁风这回事。不过，他坚韧的嘴角，已经显露出不服输的脾性，我能看出来。

我把爸爸给我买的土耳其烤肉和鸡腿汉堡摆在草地

披着狼皮的羊

的天然餐桌上，我坐在旁边痴痴地看着，我喜欢他狼吞虎咽的样子。

每次见他，我都觉得时间就像流星一样飞驰，我甚至害怕一离开，下次就会见不到他。这种感觉日渐强烈，我感觉脸上的血液聚集了不少，一股暖流像暖气管道的水一样在我身上荡漾开来。

记得这是我们第三次见面了。

爸爸妈妈一直把我当孩子。为了安全，整天将我关在家里，还请了保姆专门照顾我。他们进家的第一件事肯定就是轻声唤着我的小名，满屋乱找，好像他们一出去我就丢了似的，然后抱住我又搂又亲。

我知道他们疼爱我，可我长大了，也需要自己的空间，难道这就是代沟吗？我只能心里想，却不能说出来，他们会伤心的。

我只能趁保姆不注意偷偷溜出来。这个小树林就是我的天堂，我可以像帕瓦罗蒂那样扯开喉咙对着林海大声咆哮，不怕邻居烦。可以满地撒欢，即使弄得浑身树叶尘土，而不担心那个四十岁的保姆阿姨像个六十岁的老奶奶一样唠叨。

第一次我就被他身上的那股野性所倾倒，他言语很少，酷。他的眼神写着一股灵气，一举一动透着潇洒，每次我都不敢正眼迎接他投来的目光。看他贪婪地嚼着我偷偷从家里拿出的美味，我的幸福就与他身边剩下的美味成了反比。

这次见面已经隔了多长时间，我记不清了，用好久好久表示，都不过分。除了他的气质没变，其他都变了不少。

呀，他向我走来了，越来越近。

与一个异性这么近距离地接触，还是第一次，我的身子在双脚的带动下，开始不听使唤地抖动了。

还没等反应过来，他已经飞快地抱住了我。

傻样，急什么？我没有躲，我不想躲，我躲不过去。

我的大脑一片空白，随着他的动作越来越激烈，我感觉自己像插上了翅膀，在飞，又像跌入了深渊，失重的感觉越来越强……

两天后，爸爸妈妈疯了似的满街寻找自己的女儿。

他们也许永远不会知道，他们的女儿，那条可爱的京巴，已经在两天前的清晨，被一条野狗吃光了，连一根骨头都没剩……

鹅和鹅的爱情

开始，我们还能听见公鹅时而发出悲怆的鸣叫声，慢慢也就稀落了，整整一个星期，公鹅滴食未进，口水未沾，除了时而出来在院子里转上两圈，啄几根鸡毛衔回去，更多的时候是在窝棚里守候着那一堆皮毛骨头。

母亲抱回了几只鹅仔。

几个圆滚滚的小球在地上玩耍嬉闹，我放学后的第一件事就是把他们放进房后的池塘里游泳，抱到草地上看

披着狼皮的羊

他们用红嫩的小嘴抢着啄青草，我的童年也欢畅了许多。

鹅长得快，两三个月过去，就青春不再，甚至有些吵人了。狗掐，人踩，得病，最后只剩下一公一母两只纯白鹅。逐渐长大的鹅失去了孩子的宠爱，也就不会随意享受池塘里游泳和草地上啄草的惬意了。整天被关在院子里，啄啄污水，时而向天嘶鸣几声，不过，慢慢也就习惯。有时家里嫌吵得厉害，才放他们出去，于是，欢快的叫声就荡漾在房后的池塘里了。

母亲在大门影背墙前搭了一个草棚，铺上一些干草，算是他们的家，也作为鹅下蛋的地方。鹅蛋大多用来卖钱换油盐酱醋等生活用品，偶尔也给我们解解馋，我们也就第二次享受到鹅给我们带来的乐趣。鹅蛋虽然没有鸡蛋好吃，甚至有些腥，可对于那个把吃白面馍当成人生理想的年代，吃鹅蛋也就是过年。

我家的公鹅长得高大威猛，脾气暴躁，经常把邻居家的狗啄得汪汪乱叫。只要在家一听见外面公鹅的吼叫声，就知道是哪个公鹅对我家的母鹅图谋不轨或者是和别的鹅争地盘，我们的公鹅又在发威了。那段时间，生人进我家，必须我家人领着才行，否则，公鹅就会奋不顾身地冲上去啄生人的衣服。母鹅也会成为他的发泄对象，经常被他强行按在地上交媾，有时还和母鹅争食吃。只有母鹅下蛋时，公鹅卧在旁边静静地守候着，才是他最安静最温柔时。

然而，好景不长，瘟病流行，母鹅被传染上了。眼看一天比一天蔫，虽经吃药打针抢救，终没奏效。可对于我来说，无疑是一件喜事，有鹅肉吃了。可是我不敢表露

第三辑 紫光迷情

出来,因为母亲正沉浸在失去一项经济来源的忧伤中。

父亲将死去的母鹅扒皮开膛。沉浸在喜悦中的我是没有注意到公鹅的,直到看见公鹅围着被开膛扒皮的母鹅不停地叫唤时。他用嘴啄住扒下的鹅皮使劲往窝里拉,然后把散落在地上的鹅毛一根一根地衔回住处。半夜,我经常被惊醒,月光下,依稀看见那公鹅还在地上找什么东西。公鹅发疯了,这是我当时的感受。我们吃剩下的鹅骨头,也被他一根不拉地衔到了窝棚里。

第二天,母亲用拌好的麸皮去喂公鹅,公鹅看都不看,卧在母鹅皮毛上,眼睛警觉地望着四周,似乎在防备着什么。谁一靠近窝棚,他就做出啄人的样子。肯定是杀母鹅时,这公鹅吓坏了,我们想。此时,瘟病正在流行,我们原以为公鹅被传染了,但看他的精神头,也就否定了。此时我们才明白,公鹅正在绝食。

开始,我们还能听见公鹅时而发出悲怆的鸣叫声,慢慢也就稀落了,整整一个星期,公鹅滴食未进,口水未沾,除了时而出来在院子里转上两圈,啄几根鸡毛衔回去,更多的时候是在窝棚里守候着那一堆皮毛骨头。

公鹅不会下蛋,这下又不吃东西了,眼看一天天消瘦下去,母亲曾经产生过卖掉他的念头,但终究动了恻隐之心,没有卖。

公鹅死时只剩下皮包骨头,已经没有宰杀的意义了,就连同母鹅的皮骨一同埋到院子里的一棵梧桐树下。第二年,那梧桐树愈发茂盛了,母亲说,等我长大结婚时砍了做家具用。

每谈一个女友,我都会给她提起这对鹅和鹅夫妇凄

披着狼皮的羊

婉的爱情故事。然而，家徒四壁的院子并没有因为有了鹅的爱情故事和梧桐树而招来金凤凰。

乘着想象的翅膀

儿子睡熟后，我说，孩子的话你也相信。媳妇说，孩子嘴里掏实话。我说你得分人，有些小孩你就不能轻易相信。媳妇说，傻样，就是有，量你也不敢带着孩子去。

开始，发现儿子撒谎的是媳妇。

儿子上学前班第一天。媳妇去接他，问今天留的作业。儿子回答，老师说留的作业是让妈妈做的。

媳妇很沮丧，说儿子这么小就开始撒谎了，长大更是了不得。我不以为然。我认为撒谎要看具体情况，不能一棍子打死。孩子撒谎就要编造故事，编造故事就要发挥想象力。谁规定表达的与现实不符就是撒谎？那艺术家们都是撒谎大王了。儿子想让妈妈替做作业，这至少表达了孩子的一种心情。孩子们为什么喜欢看郑渊洁的童话？主要是那些荒谬的故事里能实现孩子想达到而又达不到的各种愿望。如果能继续鼓励儿子编织更多的故事，说不定又多了一个二十一世纪最伟大的作家。我觉得只要儿子不是做错事了向家长撒谎，不坑蒙拐骗，只是去刻意地编造一些小谎话（我这里又犯了一个错，不能叫"谎话"，应该叫"故事"），就应该鼓励、支持、

第三辑　紫光迷情

引导。

在我的鼓励下，儿子的想象力没有被压制。儿子喜欢画画，喜欢把不同的动画人物放在其他的环境中编制自己的童话，喜欢把萝卜白菜安上手脚，还把嘴巴画上吐出的舌头，表现出一副调皮可爱的模样。这都需要想象力。如果压抑了孩子的这种想象力，虽然咱不能说耽误了一个毕加索，但至少耽误一个齐白石。咱不能做历史的罪人。

后来我发现，原来不善言谈的儿子变得开始会表达，并且也喜欢主动表达了。不喜欢讲故事的儿子，现在变得喜欢讲故事了。

学前班第二学期。一天儿子回家给我讲了一个故事。他说，我们班来了一个新同学，跟我同桌。我说，你们要搞好关系互相帮助，下课了多在一块玩。他说，我不想和他玩，他学习有点笨，老是抄我的作业。我不知道该说什么好了。他接着说，这个同学长得还丑，跟猪八戒差不多，还不知道干净，整天鼻涕口水擦不净。我说，不要背后乱说别人的坏话，人只要心不坏，就不能说人家丑。他说，这个同学姓马。我说，嗬，跟咱还是本家呢。他说，就是啊，他名叫"马立坤"。

想必您也听出来了，我被忽悠了。

接下来发生的事，对我来说，可是始料未及的。

有多年未见的朋友来本市玩，提出大家聚聚。对方提出要看看儿子，我自然应允。晚上回家后，儿子告诉妈妈，今天和爸爸在一块吃饭的有两个小姐，坐在爸爸的腿上，有时还趁我不注意偷偷亲嘴。媳妇大怒，好啊，

披着狼皮的羊

你个没良心的，竟敢背着我出去包小姐，还当着孩子的面亲嘴，我看你是不想活了。看我们扭成一团，儿子在一旁乐不可支。

儿子睡熟后，我说，孩子的话你也相信。媳妇说，孩子嘴里掏实话。我说你得分人，有些小孩你就不能轻易相信。媳妇说，傻样，就是有，量你也不敢带着孩子去。

这下可好，只要我和儿子单独外出，回去一准就是我和别的阿姨怎样，我和小姐怎样。看着我们佯装打闹，儿子就是一脸的得意。

儿子的想象力得到了空前的发展。在一次学校举办的美术比赛中，儿子捧回了个一等奖。我很有成就感。

媳妇出差回来。儿子躺在被窝，告诉妈妈，爸爸趁你不在家，请一个女人吃饭，爸爸只顾和阿姨说话，就不管我了。媳妇问，他们两个亲嘴了吗？儿子说没有。媳妇回头狠狠地瞅着我说，真可恶，竟敢趁我不在家私会其他女人，一会有你好受的。我说，这样的故事太陈旧了，最好来个新鲜的。儿子说，这次是真的。媳妇说，好，妈妈相信你，是真的，儿子快睡吧。亲热后，媳妇笑着说，就是有，量你也不敢带着孩子去。

见到她，我心有余悸地说，真悬，差点露馅。她抱着我的脖子坏笑着说，"狼来了"的故事被你演绎到家了。

第三辑　紫光迷情

空中飞过一只黑鸟

他身子向后一撤，抬起后脚朝那歹徒的裆部踹去。那歹徒早有准备，身体一偏，躲过致命一脚，闪电般的右肘击打在他的脖子上。他只觉得头一麻，整个身体就撂倒在草地上。今天遇见了强手，是他始料未及的。

他和她走进一片小树林时，天上飞过一只不知名的鸟。一只黑鸟。因为没有叫声，就成为他们俩争论的话题。他说那是一只乌鸦，只有乌鸦的身体会这么大，也只有乌鸦的动静会这么大。她说那是一只八哥，只有八哥的身体会这么灵巧，也只有八哥的翅膀会这么煽情。

他愣了一下，八哥？煽情？

她扑哧笑了。他也傻呵呵地笑了。

他突然明白，她和他一样，也不知道那只黑鸟到底是乌鸦还是八哥，只是表达出来的方式不同罢了。她总是会在不经意间给他一丝惊喜，即使是空中飞过一只鸟的机会。这正是他喜欢她的地方。

树林里开满了不知名的小花，他采了一把，编成一个花环戴在她的头上。五颜六色的花，娇美含羞的脸，性感而丰腴的身体，平滑而幽静的草坪，一切都在暗示着什么。

已经不是第一次了，他突然有些紧张起来，是好久没有的那种激情的紧张。

那只黑鸟又呼啸而过，已经在两人的视线之外了。

披着狼皮的羊

他的头突然有点晕，感到后背猛地一沉。

回头处，三张扭曲变形的脸已经布满了他的视野。一切都太突然了。

那三个人意思非常明显，他滚蛋，她留下。

他和她都是第一次遇见这样的场景，尤其是自己成为当事人的这种场景，更是第一次。但这里容不得他们商讨和选择。

他的胸膛被一把匕首顶住，那里本是她经常安睡的港湾，她秀美的长发会扑散在他的胸口，如瀑如缎。今天，放在这里的却是冰冷残酷的凶器。他握紧了拳头，眼睛紧盯着匕首尖，只要对方稍有松懈，他就会一拳挥过去。他甚至想好了拳头着点的位置。他会一拳将那张令人恶心憎恶的脸打得遍地开花，甚至满地找牙。

他起伏幅度逐渐增大的胸膛和透露出狠劲的眼神，显然让歹徒捕捉住了，那把匕首在逐渐压缩他衣服的厚度，减小和他肉体接触的距离。

另两个歹徒正拖着她朝树林深处走去……她回头喊了几声"放开我"，像是给歹徒说，又好像说给他听，无助的眼神是那么令人怜悯，让人心痛。随着喊叫声，杂乱的树叶已经快湮没了他们的身影。他无法再等了。他身子向后一撤，抬起后脚朝那歹徒的档部踹去。那歹徒早有准备，身体一偏，躲过致命一脚，闪电般的右肘击打在他的脖子上。他只觉得头一麻，整个身体就撂倒在草地上。今天遇见了强手，是他始料未及的。

那把匕首不屈不挠地抵住了他的脖子，只要一动，

第三辑　紫光迷情

他的鲜血就会喷涌而出。

一只黑鸟正好落在他头顶的树上，黑色给人的感觉永远都是沉稳、厚重。那鸟并不知地面的几个人在做什么游戏，对它来说只是比平时热闹了很多。

他飞快地分析了各种不良后果出现的概率。稍有不慎，他的地位、事业、名誉，还有他的家庭，都会在瞬间消失。他甚至看见了明天报纸的头版头条："本市已婚著名企业家XXX与一妙龄女郎双双倒毙在树林中。"还被各大网站转载。人言不但会像传染病一样腐蚀他的一生英名，还会让他的后人蒙羞。

他颓丧地低下了头。

那歹徒不知什么时候走了。

他惊愕地起身，找遍了大半个树林，一个人影都没有。

那几天，他怀着忐忑不安的心，什么事都不想做，甚至营销人员把一个涉及千万元的订单要他签署时，他都没有认真浏览一下。要在平时，就是几十万元的订单他都要刨根问底。

有几次，他想打电话给她，可拨完号又挂掉了。他没脸给她打电话，他该给她说什么，解释？安慰？同情？他口口声声说喜欢她，他舍得为她花钱出力，甚至曾经表白会娶她。他确信，自己对她是真心的。可在关键时刻，他却……

他和她一切都结束了，可他对自己的责备和愤懑却刚刚开始。

他越想越觉得自己欠她的太多。他想好了一个补偿

99

披着狼皮的羊

她的方法，尽管数额有些大，甚至够她用两辈子的了，但都填补不了他对她的歉疚。

每次路过那片树林他都有意绕开，那是他的伤心地，是他心中永远的阴影。

一个熟悉的身影在眼前一晃，他心中已经压抑了很久的波涛又开始汹涌起来。

他跑上去，一把拉住她，本来想好的千言万语，现在却堵在了嘴边。

她看了他一眼，冷冷地说，那天的事，只当没有发生，对你我都好。说完，她扭头走了，背影还是那么婀娜迷人。

眼前又出现了那只黑鸟，尽管飞得很慢，但他终究没有看清楚，那是一只乌鸦还是八哥。

他掏出一张支票，慢慢地撕碎，扔进了垃圾箱。

公交车上

公交车上，"我"被一名靓女搭讪，各种想入非非也就接踵而来。后来一细想，竟然吓出了一身冷汗。车停了，靓女竟然一把拉住了我……

公交车在红绿灯处急刹车。

我死死地抓住扶手，尽量不让自己的身体压住别人。可这一下，我身上却趴了五六个人，男女老少都有，我

第三辑　紫光迷情

突然有一种成就感。你看那个撞在我身上的靓女还怪不好意思呢，瞅着我羞答答地笑着。

大哥，一个柔柔的声音在我耳边响起。我没想到真的做梦了，就使劲地闭上眼睛，怕梦丢了。大哥，还是那个声音，柔柔的。我确定了不是在梦里，就迫不及待地睁开了眼睛。撞我的靓女正含情脉脉地盯着我，这么近距离地被一个靓女瞅着，还真有点不好意思。我的脸感觉有点烫烫的。但男子汉的底气又让我挺胸抬脸，把那道秋波稳稳地接住了。

大哥，您踩住我的脚了。靓女显然素养较好，声音还是柔柔的。我抽风似的用赵本山的看家动作抽回了我的脚。

大哥，您在哪儿下车啊？有戏，没想到现代版的一脚缘会在我身上上演。

我将手伸进裤袋在大腿根使劲掐了一下，疼得我直咧嘴，显然不是在梦里。我，我到终点站了，您呢？

我也差不多，靓女一笑，露出一排整齐好看的小碎牙，大哥结婚了吧？

这句话让我感觉有点突然，嘴里还是冒出了三个字：差不多。

大哥真幽默。看大哥这么帅，嫂子真有福气。

我突然感觉不对劲。记得哪位哥们说过，主动找男人搭讪的女人不是鸡就是贼。再看看周围帅男有的是，为啥找我一人主动说话，更加验证了我的想法。我下意识地摸了摸装钱的口袋。

我儿子都五岁了，我想用这句话让她觉得没趣走开。

是吗？我早就看出来了。靓女笑了。

披着狼皮的羊

看来，我被人家锁定了。我把手插进装钱的裤袋，用手紧紧地握住钱包，心说，你总不至于抢吧？至于下面的话我没敢接，顺便把目光移到了窗外。

车在行进中抖动着，我单手抓着扶手，身子跟着前仰后合。热，闷，烦，急，燥，轮流向我攻击。我真想对身边座位上的老头大声喊，老爷爷，给我让个座吧。

车开到了树荫下，我开始恢复了精神。一看车上，人在上一站或者在更上一站前就已经下得差不多了，周围空着的座位在向我频频招手。我跨前一步，屁股刚要挨住座位。突然有个柔柔的声音传来，大哥，到终点站了，还想再坐回去呀？抬头看那靓女还是不即不离站在我身边，就赶紧又攥紧了口袋里的钱包。

车下。靓女竟然一把拉住了我。

我实在没办法了，大姐，你放过我吧，我是一个打工的，没啥油水。

我知道，算我没走眼。

看吧，要公开抢了。我真后悔下车了，这周围人烟又少，说不定她的同伙正埋伏着呢……

靓女热情地说，我们保险公司推出一项新的保险业务，是专门针对您这样打工人员子女的，我先给您介绍一下情况……

第三辑　紫光迷情

黑月亮

父亲的初衷是好的，不想让儿子成为读死书之人，于是游戏教育开始了。结果，陷入游戏不能自拔的不是孩子，而是大人。反过来想，成年人尚且如此，何况未成年人呢。两代人之间多几分理解，有时强于所谓的教育。

我从小受中国传统家庭教育，就连看课外书都遵循"老不看水浒，少不看红楼"的古训，直到现在还视打麻将、玩扑克为颓废的象征。我宁愿写几篇豆腐块来打发无聊的时光。但时代不同了，教育也要与时俱进，我对儿子的教育当然不会停留在我那个"远古"时代。

七岁的儿子玩电脑比我还溜，当然是我所期望的。直到一次，我发现儿子去网吧玩游戏。

那天，儿子七岁生日刚过了一周。看来，我低估了这件事的严重性。

同事的孩子玩游戏上瘾，老婆俨然是教育专家，往往被邀请演讲。当后院起火的现实扑面而来时，老婆显然还没有准备好。看来，我得亲自上阵了。

我又买了一台电脑，和原来的电脑联成一个迷你局域网。我喜欢玩第一人称射击游戏，儿子遗传了我的爱好，在《荣誉勋章》《半条命》《重返德军总部》《CS》设置的迷局里，多了两个网名叫"老K"和"小K"的

披着狼皮的羊

战士，左右周旋，大开杀戒。

"老K"掂着大狙趁着夜色闯入了敌阵，"小K"手持AK47在后掩护。拐弯处，"老K"掏出匕首干掉了那个正在东张西望的菜鸟岗哨。稍作停顿，"老K"突然跳起，一个漂亮的甩狙，在"小K"惊异的目光中，另一个敌人脑浆迸裂……

儿子在地图里不讲章法地乱撞，我着实替他着急。明明已经听见了拐弯处的脚步声，我让他蹲下来等，他非要硬冲。我急了，说你还不听，看看，死了吧，笨蛋！儿子转过头来，揉着红红的眼睛，委屈地说，这是游戏，也不是真的。

我知道，像丁俊晖那样的台球天才不是光靠兴趣取得成功的。我让儿子从基本的枪法练起，熟悉各种武器的性能和弹道，学会快速找到蹲位。经常在一个地图里练一个动作，儿子有点不愿接受，逐渐就失去了新鲜感，有几次还提出了放弃。我当然不会答应，我不会让胜利果实落空。

对，我参照了大禹治水的策略，没有一味地堵、截，而是输导。放在孩子的教育上就是引导。但有规定，只许周末和节假日玩，其余时间不得接触任何游戏。

到底女人见识短，不知是见我们玩得开心出于嫉妒，还是不理解我的做法，竟然把家里的网线给剪了。我和儿子的心也像那晚的月亮一样，焦黑焦黑的。

"小K"在"老K"面前消失了。

"老K"左右环顾，四周除了敌人的尸体，整个城

第三辑　紫光迷情

堡笼罩在一股血腥和恐怖之中，不见一丝人影。

突然，"小K"又出现在眼前。"小K"使劲拉我的手。手有点疼。我知道，眼前的儿子是真实的。

儿子喘口气，说："爸，我猜你就在这，快回家吧，妈妈已经找了你一天了。"

"天天想网吧"的门口，我鼻子向外探了探，深深地吸了口新鲜空气。

"老K"已经在现实中了。

第四辑　阿尔茨海默之旅

导读：患了老年痴呆症的父亲走失了，第二天下午被人送了回来。儿子是医学博士，一次突发奇想，要沿着父亲那天走过的路，去切身体验一下患了老年痴呆症的父亲是如何走失并被人发现的。冥冥中，那天儿子在路上遇见的情景与父亲后来断断续续描述的情景竟然惊人的一致。但是，由于儿子的手机在山里没信号，竟然在山里迷失了方向，经过艰难的摸索，五天后才走出大山。

披着狼皮的羊

一个偶然的机会，陷进狼群里的羊披上了一张狼皮。披着狼皮的羊得到了意想不到的待遇，羊借机也把自己当成了狼，甚至对自己原来的同类——羊下起

第四辑　阿尔茨海默之旅

了毒手。然而，这一切都是假象，等待他的却是悲惨的结局。

这是一个混乱而有序的战场。

说它混乱，是因为草地上躺满了敌人的尸体，横七竖八。说它有序，是胜利者正在清理战场，有条不紊。

羊低头吮了一口鲜血，还有点热乎，他就势又猛舔了几口。血腥已经成为久远，眼前的只是美味。突然，那敌人猛地睁开了眼，并发出"咩"的惨叫声，羊吓了一跳，腾起四蹄迅即后坐。

周围的狼都笑了。

羊有些愤怒了，他凝神屏气，怒瞪双目，用尽全力向敌人顶去……

事后，羊有些后悔，那次差点暴露了自己。因为他是一只披着狼皮的羊，他必须得收敛。

羊怎样进的狼群，已经不在记忆中了。那绝对是个在妈妈怀里撒娇的年龄，对鲜嫩的青草刚刚有所记忆，羊就在一个梦醒后的凌晨，到了狼群。

雪白的羊在狼群里有些扎眼，也很自卑。他虽然没有遭受到任何大狼的攻击和欺辱，但他清楚自己的环境。他拼命地吃，拼命地玩，拼命地张扬着，并用稚嫩的嗓音嘶喊"咩，咩，咩咩……"。因为，这一切随时都有可能结束。

陪他玩耍的两只小狼显然没有大狼们那么有风度，羊的尾巴和脖子就经常成为小狼们的攻击目标。羊只能

披着狼皮的羊

忍受钻心的疼痛,用一言不发来表示自己的愤懑。直到有一天,他随着狼群袭击了一个羊圈,羊顺手牵了一张晾在外面的狼皮。以前的生活有些乏味,这张狼皮成了羊的玩具,他披着狼皮和小狼们捉迷藏。他的个头比同龄的小狼要大得多,披上狼皮,俨然为成年狼。小狼们此时在他眼前竟然不敢造次,并会乖巧地向他撒娇。他披着狼皮出现在山坡上,吓得漫山遍野的羊朝着对面逃窜。成就感用一种猝不及防的姿态向羊袭来时,他还没做好思想准备。

河水清晰地映出一匹狼的影子,羊兴奋地摇摇脑袋,水里的狼也兴奋地摇摇脑袋。羊欢快地摆摆尾巴,水里的狼也欢快地摆摆尾巴。他舔了舔身上的狼毛,不及羊毛顺口,还有些扎,他要的就是这种效果,其实,更多的是感觉。在狼群,他遵守的法则是生存。此时,他生存的保证就是狼皮。

狼群里的羊很善于自我保护,他发现自己的叫声随时都会招来噩运。他虽然敢保证平时不会发出羊叫,但他难免会失态,难免会梦呓。羊拼命地吃草木灰毁了自己的嗓子。

一个风急沙飞的夜里,饥饿的狼群在羊的带领下翻越了数个山头,避开了狮子的领地,来到羊印象中的地方。这是次冒险的行动,但羊和狼群都别无选择。庞大的羊群被虐杀了大半,尸横遍野,血流成河。羊咀嚼着残血散肉,呼吸着膻腥的空气,他发现自己竟然没有一丝的愧疚,反而有种快感。我已经不是羊了,他想。

第四辑　阿尔茨海默之旅

然而这种快感没有持续多久。他在逃出重围的羊群里，看见了一个熟悉的身影，模糊的温情还在那只羊头顶缥缈。就在那一刻，他决定重新选择了。他拼命地跑过去。他的追逐只是加快了羊群飞奔的速度，因为他们身后紧跟的是一匹高大的狼。披着狼皮的羊当然不是逃命羊的对手，一会就被甩远了。他想用叫声唤回那个似曾叫过"妈妈"的步履不很轻快的母羊，他张大了嘴，连一丝嘶哑的声音都没有发出。

从此，每当狼群出现时，总见一匹高大威猛的大狼在狼群里闪现，附近的家畜，甚至猎人都以为是传说中的狼神。狼群所向披靡，甚至逼走了附近领地的狼群，狼群和领地成正比迅速扩大起来。这是羊所始料不及的。

暴雪后的一天晚上，羊站在一个高大的石头上向狼群发号施令，群狼均俯首帖耳。这就是头狼的感觉，这种感觉很令羊亢奋，甚至超出了羊的承受能力。此时此刻，他不但有壮怀激烈的豪情，还怀有远大的抱负。狼就在自己的掌握中了。他坚信，通过自己的努力，狼就不至于风餐露宿，通过自己的智慧，狼就不至于在捕猎时常常无功而返，通过自己的奋斗，狼甚至可以统治地球。

这个梦境已经不是一次出现了，但每次都执着地出现，羊喜欢这个梦带来的欢愉，他甚至不愿醒来。

羊在现实中实现了最后一个愿望。他确实没有醒来。

一只披着狼皮的羊在一个寒冷的黎明被狼吃掉，没有留下一丝悬念。被吃掉的羊头骨一直保持着微

披着狼皮的羊

笑状。

把羊养大是用来应急的,这是狼的生存法则。

阿尔茨海默之旅

患老年痴呆(阿尔茨海默病)的父亲离家出走,第二天下午被人送回。当医生的儿子想体验一下父亲的经历,冥冥中遇见的场景与父亲竟然都一样,但儿子却在五天后从山里走出来。

我压根没想到有生以来张贴的第一张寻人启事寻的竟然是父亲。

那天,父亲像往常一样,早晨六点钟起床,六点半吃饭,七点钟出去散步。除了恶劣天气,自打退休后的第二年至今,他就一直保持着这个习惯。

他退休后的第二年至今,还保持着一个习惯,就是只要早上出去,中午十一点到十一点半一准回来。但那天,到十二点半了还没见父亲的身影。我们才慌了。

我就有点急,我说不让他单独外出,你们老是抱着侥幸心理,出一次事也许会让我们抱憾终生。

我这个医学博士,自然了解父亲的病情,也能预测到未来可能发生的意外。

大哥和二哥都不吭声。其实,我也清楚,埋怨归埋怨,哥哥们的老婆孩子要养活,谁能天天跟着他。我自

第四辑 阿尔茨海默之旅

己都做不到。

一天过去了，四散寻人的都返了回来，只能交流失望和遗憾。

寻人启事张贴后不久，也就是父亲走失后的第二天下午，父亲被郊区的一个农民兄弟送了回来。被人送回来的父亲身体极度虚弱，脸色苍白，只有柔软的身体在证明他生命的存在。

父亲在退休后的第十五个年头患了老年痴呆，医学上称为阿尔茨海默症。以往在父亲身上表现出的是健忘、短暂失忆、易怒，本次走失说明父亲的病情已经进入了重度痴呆期。

父亲初中刚毕业就接了爷爷的班，成了一名工人，那年他才十六岁。父亲的经历像大多数那个时代过来的人，吃过太多的苦。这让他对大鱼大肉很感兴趣，哪天缺了就浑身不自在。我们不忍心劳累了一辈子的父亲在生活上受委屈，也就由着他。饮食上无节制，是老年人患脑血管病很重要的原因。我读博专攻的方向就是老年精神医学，面对这个世界性的医学难题，却也无能为力。

那是六月二十一日，一个阳光还算明媚的早上，我走出家属区，像往常那样到街上遛弯。脚一踏上新港路，一个新奇的想法就突然产生了。

我沿着新港路向北走，这是父亲每天散步的固定路线。我要沿着父亲那天走过的路，去切身体验一下患了阿尔茨海默症的父亲是如何走失并被人发现的。我把这次体验称为"阿尔茨海默之旅"。

披着狼皮的羊

阳光有点刺眼，路旁的楼房正在拆迁，隆隆的挖掘机发出令人牙碜的声音。这丝毫没有引起我的反感，我的脚步轻快而又执着。

三儿，一个人散步呢？顺着声音望去，我吃了一惊。并非因为看见父亲的老工友黄师傅而惊讶，我惊讶于，父亲迷路那天也遇见了黄师傅。当然了，这事也是不带任何色彩的凑巧，黄师傅家就在新港路。

我尽量按照父亲的步伐和速度行进，才更加贴近事实。当转过泰武路时，天已中午。一阵吱吱呀呀的嘈杂声使无聊的我不得不扭过头去看个稀罕，竟然是二姑夫骑着他那辆浑身都唱歌的老永久从后面赶了上来。我突然想起，父亲那天也在这附近遇见了二姑夫。

患了阿尔茨海默症的父亲记忆是不连贯的，但他能回忆起在大致的地方遇见的很清晰的人。这样的际遇让我的阿尔茨海默之旅充满了真实和神秘。

走下310国道，在青云山口。只见一个人手持一根用钓鱼竿制作的长杆子在钩槐花。槐花的香气勾起了我当年吃槐花窝窝的回忆。我突然感觉不对劲，六月天，槐花早就落了，怎么单单这棵槐花树还留有槐花，散发出迷人的香气，这不正是父亲的回忆中在这个山口遇见打槐花的人吗？诧异间，钩槐花的人对我笑了笑，伸手从篮子里拿出一根黄瓜，说自家种的，尝尝鲜。这个细节父亲没有告诉我。

我咀嚼着黄瓜的清香，带着疑惑沿着父亲应该走过的路继续向郊外前进。

挨黑儿，我终于到了北刘庄村口的麦秸垛。有村标

第四辑　阿尔茨海默之旅

和麦秸垛旁两棵茁壮的大槐树作证。父亲估计就是在这待了一天后，被过路的发现并送回了家。

呼啦啦的树叶愈显四周静寂，我突然有点害怕了。我拿出手机，竟然没有信号。这是我没有预料的。我当然不能在麦秸垛上睡一晚等待救援，按照前面那些神秘的偶合推测，农民兄弟还不到路过的时候。

我返回头来顺着来时的路走。走了大半夜，竟然没有找到那个进山的山口。

这时，天边已经露出了蒙蒙亮，我能判断出那是东方。找到方向的我摸到一条大路，并加快了步伐。我在山里转来转去，竟然再也没有遇见一座村庄和一个人影，有几次遇见了熟悉的地方，是自己在兜圈子。

终于，在那个不知是早晨还是傍晚的时间，太阳懒洋洋地坐在山头上，我终于站在了一个镇上，站在银行的橱窗前我看见了自己的模样：一个挂着木棍，胡子拉碴，形似乞丐的流浪汉。透过玻璃，我看见了里面闪烁的 LED 灯箱，上面写着今天的日期：六月二十六日。

我下意识地掏出手机，欣喜若狂，竟然有信号了。

退休倒计时

儿子愣了半天，他很奇怪老爸怎么突然来了一个一百八十度的大转弯。要知道，原来只要一提退休的事，

披着狼皮的羊

老爸就沉默半天，吓得自己以后再也不敢提这档子事了，今天怎么突然一下变得这么主动。

单位换届，差一年就要退休的老吴从领导岗位上退了二线。

老吴原来的岗位可不是一般的领导岗位，单位的二把手，是呼风唤雨的人物。单位照顾他情绪，给他戴了一顶巡视员的帽子，工资待遇不变。虽然之前也有思想准备，可现实来到面前时，他还是感到了不是一般的失落。情绪猛地一下从峰顶跌入谷底。

其实，老吴面临退休，还有一个令他失落的重要原因。前几年，单位有一名女职工，性格豁达开朗，办事风风火火，尽管已接近退休年龄，身板依然硬朗得连一些小伙都自叹不如。退休后，没有工作可做，没有业余爱好，从忙忙碌碌一下到无所事事，一年后开始生病，两年后竟去世了。一时成了典型。

善于总结，善于归纳，是领导的专长。老吴将自己与那女职工一对比，竟有如此多的相似之处。年轻时，自己也是爱好广泛，琴棋书画样样拿手，随着工作一忙，尤其是走上领导岗位后，就又把这些爱好还了回去。在职位上时，至少还有工作，现在已经开始一无所有了。

在位时得罪了不少人，甚至遭受过黑信的攻击，群众关系搞得紧张，想到以后要在离退休活动室经常与大家对等相处，老吴感到了一种莫名的凄凉。

傍晚儿子打来电话，聊了一会儿，突然问，老

第四辑 阿尔茨海默之旅

爸是不是一年后要退休了？老吴突然感觉一阵眩晕，他觉得自己变得脆弱了，尤其是在"退休"这两个字上。

老伴幸亏退得早，积累了一定的经验，并且当了大半辈子的贤内助，对老吴知根知底，就根据老吴的实际情况以及社会现状，帮他制订了一整套退休倒计时计划。首先，把原来丢掉的书画捡起来，艺术不但修身养性，也陶冶人的情操。其次，利用这些专长多参加一些集体活动，就能逐渐被群众接受，消除敌意。最后，就不说了，一切就绪，等着退吧。并将计划细化到月份，历时一年。

为此，老吴还利用业余时间到老年书画班进修了两个月。原来的书画功底，再加上他那拼搏向上、不服输的精神，老吴的书画水平得到了大幅提高。一次参加书画比赛，还获了奖。半年后，加入了当地的书画协会，小有名气。他的书法、画风磅礴大气，取材贴近生活，很受群众欢迎，自然也就增加了本单位对他有成见职工的亲近度。

他又给自己制订了退休后的书画发展长远规划。此时，他仿佛一下年轻了十几岁，甚至觉得退休比2002年的第一场雪来得还要晚了一些。

临退休的前几天，老吴又做了一个小结。这一年来，自己给自己定位之准，转型之快，也算是给工作生涯画上了圆满的句号。

晚饭后，电话铃响了，一看来电，又是儿子。

老吴迫不及待地把过几天自己要办理退休手续的消

披着狼皮的羊

息告诉了儿子。儿子愣了半天,他很奇怪老爸怎么突然来了一个一百八十度的大转弯。要知道,原来只要一提退休的事,老爸就沉默半天,吓得自己以后再也不敢提这档子事了,今天怎么突然一下变得这么主动。

爸,办完退休手续,跟妈来我这儿住吧。

还是儿子好,老吴骄傲地瞅了瞅老伴,一脸自豪。

媳妇怀孕了,你们就等着抱孙子吧。

呵呵,我要当爷爷了,老吴差点没蹦起来,臭小子,也不早说。挥起的拳吓得老伴狠狠地瞪了他一眼。

还不是想给你们一个惊喜嘛?我们这儿,请个保姆的开支,相当于老妈的收入了。反正你要退了,在家闲着也是闲着,你们过来帮我照顾媳妇、带孩子吧,找别人也不放心……

黑狗和白狗

一条黑狗和一条白狗在沙漠迷了路,带的水也逐渐减少。沙漠里缺水就意味着死亡。黑狗就趁白狗不注意,偷偷地喝了白狗的水。接着,又偷喝了一次……不久,白狗就发现了这个秘密。

商业街口,新开一家"好运来"超市。

星期天,我带儿子"体验"新超市。

第四辑　阿尔茨海默之旅

儿子喜欢喝饮料，一进超市，就直奔货架。

我只有随从的份，不然，他会让我下不了台。

儿子把货架上的饮料挨个数，口里还不停地嘟哝着广告词。我只有站在一旁傻等。

"唉，叔，您咋在这呢？"

我吃了一惊，抬头见一中年人带一半大孩子，正热情洋溢地看着我笑。

我起先并没有认出对方，当他说出一个非常熟悉的名字"怀根"时，我才反应过来。可不是嘛，他还是我老家的邻居呢，年龄和我差不多，至少还当过一年以上的同学。按照老家的辈分，他应该叫我叔。

"带儿子买东西，你什么时候来的？"

"来了半年了。昨天带孩放假到这玩，嘿嘿……俺知道您在城里上班，老是想去您家看看，一直没空。"

"就是啊，让孩子长长见识。"我顺口打着哈哈，"有空带着孩子到家来玩，大老远的来了，也认认家门。"

他使劲从身后拖出那个半大孩子："快，叫爷爷，这就是咱隔壁在城里工作的爷爷，那个是你叔。"说着，怀根指了指儿子。那孩子很害羞地叫了声爷爷、叔叔。儿子睁大了眼睛，他第一次听别人叫自己叔叔，好奇和疑惑都堆在了脸上。

他说着话，转身走到货架前，一股脑地抱了一堆饮料和小食品，由他儿子帮着，使劲往我儿子手里塞："叔，这些东西说啥也得给俺兄弟拿着，您给俺帮了这么大的

披着狼皮的羊

忙，也没机会报答您，东西不多，别见怪。"

他所说的帮忙，也许是事实，但也许是我顺手捎带就能办的事，我倒记不清了。

儿子很茫然，将手背到背后使劲向后躲。

他又使劲地往我的手里塞，我有点哭笑不得，接也不是，不接也不是。

他很固执："叔，您不要就是看不起俺，您给俺帮了恁大的忙，俺也没机会报答您。"他嘴里一直重复着那句话。

周围围了几个看热闹的人，用看国字的眼光看着热闹。超市服务员也在一旁嗤嗤地笑。

我有点挂不住了。我抱起食品，说："好吧，谢谢！"他才满意地离去。

儿子小声问："爸爸，那个哥哥怎么叫我叔叔？那个伯伯怎么送给我没交钱的食品？"我认真说："按照咱们老家的辈分，就应该这样称呼，至于没交钱的食品，他刚来，还不懂超市的规矩。"儿子似懂非懂地点点头。

我突然觉得这是一个机会。我把怀根给我的东西放进了一个小推车，然后和儿子商量："刚才哥哥，不，就是你认为应该叫叔叔的那个老乡，他刚才送你礼物了，咱们也应该赠送礼物给那个应该叫你叔叔的哥哥，这叫：礼尚往来！"这话说得有点像绕口令。

儿子突然趴在我耳朵上神秘地说："爸爸，咱也送他们没交钱的礼物，这样才公平。"

我突然愣了一下。

118

▶ 第四辑　阿尔茨海默之旅

我给儿子讲了个故事。

一条黑狗和一条白狗在沙漠迷了路，带的水也逐渐减少。沙漠里缺水就意味着死亡。黑狗就趁白狗不注意，偷偷地喝了白狗的水。接着，又偷喝了一次……不久，白狗就发现了这个秘密。但他假装不知道，还主动拿出自己的水给黑狗喝，并鼓励他坚持下去。黑狗惭愧极了，马上向白狗认了错。两条狗相互帮助，最终走出了沙漠。

我说，如果白狗也学黑狗，偷喝黑狗的水，或者两条狗因此打起架来，相互报复，相互怨恨，就会全部渴死在沙漠里。人也一样，要学会互相帮助，而不是相互拆台。否则，吃亏的一定是自己。我一边对儿子作着教育，一边朝交款处走。扫描完条码后，我正要掏钱，收银员就作了一个制止的动作。我正纳闷。

收银员微笑着说："先生，您的费用我们董事长已经帮您预付了。"

收银员手指处，怀根带着他儿子正乐呵呵地看着我俩。

原始股

我抱着人为财死的壮烈，雄赳赳气昂昂地挺身向拉登走去。我知道这是赌博，要么他掏出 AK47 把我打死，要么我得到 3.6 亿元人民币。但人生何处不是赌

披着狼皮的羊

博呢？

股票被套已经半年了，眼睁睁地看着自己的血汗钱呈阶梯状下滑，我的心被揪得紧紧的。我原本不喜欢炒股，一直视炒股为投机。过平稳日子是我毕生的追求。

现在说啥都晚了。想来还是怨自己，没经得住诱惑。当初房子涨价，本够买房的存款一下不够用了，按照当时股市的行情和朋友的经验，我将所有存款投入股市，三个月后，买房钱就够了。现实是：三个月后，我买的股票下跌了25％；半年后，下跌了40％。这下，我的房子就遥遥无期了。

傍晚，天有点儿阴，和我的心情一样。我走在大街上，耳边时不时地响起老婆的埋怨。这次散步，我的心情沉重了很多。

位于济源路的人民医院是我每天上班的必经之路，也是我每晚散步的必由之路。人民医院的门口有个电话亭。

电话亭里伸出的一条腿把我绊了个趔趄。这使我本来就冒火的心情一下又被浇上了一勺油，我的无名火一下升腾起来，变成了烈性TNT。乞丐经常把电话亭当成是政府免费提供的住房，不用交物业费、水电费。比我们强多了。他住他的免费住房，我揪心我的房款，本来是毫不相关的。关键是，他今天惹了我，我今天心情很坏。

我抬腿朝里面踢了一脚。其实，我仅仅是发泄一下

第四辑 阿尔茨海默之旅

而已,也没有别的恶意。那乞丐竟然将腿向里缩了缩,并没有吭声。这下却点燃了我愤怒的烈焰,不屑于理我,是不是?看不起我,是不是?你牛是不是?连一个乞丐都欺负我!

我的第二脚又毫不犹豫地蹬了出去。

那乞丐发出的声音有些怪异,然后就没有动静了。我吃了一惊,不会闹出人命吧?我掏出手机,利用手机的亮光照了照那乞丐。那乞丐赶紧用手去遮脸,已经晚了,我清晰地看见了一张熟悉的面孔:长瘦脸,黑浓的长胡须,头上裹一条毛巾。

我吃了一惊,身子闪出电话亭。

这,这不是世界头号恐怖组织头子本·拉登吗?这么熟悉的脸一天在媒体上出现好几遍,我认识他,甚至有些崇拜他。

拉登怎么会跑到中国来了?媒体上不是说他躲在巴基斯坦或者其他阿拉伯国家吗?可现实却是,拉登躲在中国,躲在我所居住的这个城市,确切点儿讲,拉登就在我身旁。我飞快地跑开,生怕他从背后拔出一支AK47朝我射击。逃到射程外,我才喘了一口气。我无法判断我现在是幸运还是倒霉,我只想要命。

喘息已定,我冷静下来。我突然想起前段网上的一则消息:"凡能活捉或打死本·拉登,以及提供重要线索帮助活捉或打死本·拉登的人都有资格领取5000万美元赏金。"我粗略地算了一下,按照现在的汇率,5000万美元相当于将近3.6亿元人民币。3.6亿元人民

披着狼皮的羊

币什么概念，还用我说吗？

　　转念一想，不对呀。本·拉登能逃到中国来吗？中国的社会环境比较稳定，打击恐怖分子也比较严厉，但越危险的地方越安全啊。我知道只有敢于把握机会，善于捉住机遇的人，命运之神才会向你伸出幸运之手。

　　我抱着人为财死的壮烈，雄赳赳气昂昂地挺身向拉登走去。我知道这是赌博，要么他掏出 AK47 把我打死，要么我得到 3.6 亿元人民币。但人生何处不是赌博呢？炒股有自杀的，工作有伤亡的，游泳有淹死的。不敢赌，就永远没有机会。后来的结果也证明了我这种做法是正确的。

　　拉登没有反抗，出乎意料地配合。

　　在当地政府的帮助下，我获得了某国政府的奖励。当然，这一切都是秘密进行的，我也怕拉登同伙的报复。

　　这事还是被一些媒体知道了。我被推举为世界反恐英雄，我到处做演讲，到处访问。我抓住本·拉登，如同拣了一支超强的原始股，名和利就这样在我一生中达到了辉煌。

　　炒股情结一直左右着我，现在也不例外。证券公司大屏上的红红绿绿看起来十分养眼，我坐在大户室里操纵着键盘，低进高出挥洒自如，两只股票还随着我的进出上下浮动，我知道这就是传说中的庄家。看着大厅里那些焦躁的股民，我有种在"CS"里将对方爆头的快感。

　　下雨了，蒙蒙细雨打湿了地面，一下驱走了酷闷的

第四辑　阿尔茨海默之旅

空气。我走在济源路上，心情也随着细雨湿透了。记得人民医院的门口原来还有个电话亭，好像两年前路面改造时被取消了。

扎根进城

在城里当副县长的儿子派车要接扎根进城住几天，扎根很自豪地跟车走了。没承想扎根却被绑架了。是谁胆大包天敢绑架副县长的父亲？后来为什么又把扎根平安送回呢？

天刚麻麻亮，成群的麻雀就把乡村闹翻了天。吆猪喝鸡寻锹找耙声渐起，村民开始了一天的活计。一辆黑色普桑穿过大街，钻进一个凹凸不平的小胡同，停在一家小院前。一群麻雀轰起又落下，惊奇地看着这个黑色的大家伙。

一个年轻人下车敲门轻唤，大爷，大爷在家吗？

谁呀？门没插。随着院门呀的一声，扎根探出头来。

您是赵县长的父亲吗？

是啊！您是？

赵县长想让您去城里住几天，让我来接您。我是他的秘书，他忙，没来，来人又补充了一句。

扎根擦了擦嘴角上的饭粒，你看，光顾说话了，进来坐。

披着狼皮的羊

不了,大爷,我们单位回去还用车,您赶紧收拾收拾走吧。

扎根一边嘟哝着,三儿也不提前来个电话,好有个准备,一边返回了院里招呼老伴收拾随身衣物,突然扎根想起了什么,回头跟来人说,走得匆忙,得跟邻居交代一下。

扎根敲响了左邻家门,二吵,开门。二吵打开了门。俺三儿,就是你三叔,他不是在城里当副县长嘛,现在派车接我来了,非要俺俩到城里住两天,家里恁忙,可也不能让人家空跑一趟啊!你招呼着家里的动静。二吵一脸羡慕,您真有福啊,根爷。就这样吧,我走了啊!扎根粗声大气地说。惊得正在胡同口觅食的几只鸡稀里哗啦散了。

扎根敲响了右邻家门,大孬,开门。大孬打开了门。俺三儿,就是你三哥,他不是在城里当县长嘛,现在派车接我来了,非要俺俩到城里住两天,家里恁忙,我真不想去,可也不能让人家空跑一趟啊!你招呼着家里的动静。大孬一脸羡慕,您真有福啊,根叔。就这样吧,我走了啊!扎根粗声大气地说。关门时差点夹住一条大黄狗的尾巴,愣是被狗眼狠狠地剜了一下。

扎根交代完,觉得还有什么要交代似的,想了想,终究没有想起来。临上车,还嘟哝,还派车来接,早知道我们自己搭车去了,怪废油的。

汽车在乡间破损的柏油路上颠簸着,丝毫没有影响扎根的好心情。他时而瞅瞅身旁有些紧张的老伴,时而将目光透过车窗俯视着坑坑洼洼的路面。偶尔遇见上

第四辑 阿尔茨海默之旅

工的乡亲，扎根赶紧挥手致意，可惜人家隔着车窗看不见。

车走了半个小时，扎根觉得不太对劲，县城明明是由村向西顺着省道一直走，不拐弯的。中间却向北拐了一个弯，并一直走下去。最后普桑终于在一个院落停了下来。年轻人打开车门说，到了，下来吧。扎根一看，这分明还是农村哪，还没有他们村好过呢。

年轻人终于说了实话，老人家，委屈你了。我不是你儿子的秘书，这车也不是官车，是我租的，你儿子两年前欠我们的工钱，我们讨了多次，都没有结果。只好生了这个不是办法的办法。年轻人最后咽了口唾沫说，他不还我们钱，你俩就不能走。扎根两口才知道自己被绑架了。

老伴吓得不停地抹眼泪，造孽呀！活了一辈子，到老弄个这，儿子还是副县长呢，回去咋做人哪？扎根还熊呢，哭顶个球，他们就是想讨回工钱，不是绑架勒索。中间来过几大帮人，扎根可不吃那套，总是一句话，又不是我欠钱，有种找我儿子要去。扎根的儿子在当副县长的一个月前还是一个企业的老板，但扎根没有想到儿子几个亿的资产，每年上交上千万的利税，会欠人家两万块钱的工钱。现在国家对拖欠农民工的工钱抓得这么紧，儿子虽然现在是副县长，但欠的债什么时候都逃不掉，这不是打着灯笼进厕所——找事（屎）吗？

到第三天头上，屋里只来了那个年轻人。扎根两口吓一跳，这下完了，到头了。年轻人二话没说，扑通跪

披着狼皮的羊

下了,大爷大娘,您两个不要生气,我们也是没有办法的事,你看俺们几家全靠挣那几个工钱养活哩。孩子眼看就要上学,没有学费。求求您给赵县长说一声,还了俺们的工钱吧。

扎根见此情形,纵了纵眉头说,给我找个电话。

扎根坐着小轿车一进村,就有人从开着的车窗看见了扎根。打招呼,根叔,去看当县长的儿子了?扎根一脸的幸福像灿烂的花朵一样在满是横纹的脸上绽放开来,抽出几根香烟,天女散花般向窗外撒去,来,抽烟,进口的,嘿嘿,儿子给买的。

有个年轻人说,副县长还坐普桑?倒是让扎根紧张了半天。

防 贼

一名初出茅庐的贼,在强悍的壮汉面前,在妩媚的靓女面前,在菜脸的学生面前退缩了,回家后发现自己的口袋竟然被割了。

我环顾四周,又拍了拍关键部位。临行我做了最后一次检查。

出门最关键的是防盗。为了生存,贼和被惦记者不得不相互研究,相互交换角色,才能知彼知己。玩的是运气,玩的是心跳。

第四辑　阿尔茨海默之旅

尽管做好了准备,可我知道理论和现实是有差别的。突然有点紧张。但在饭碗面前,我义无反顾。

现实是:在强悍的壮汉面前,在妩媚的靓女面前,在菜脸的学生面前,我退缩了。

是的,我是初出茅庐的贼。

我沮丧地坐在床上时,才发现口袋被割了。这个月该怎么生活?

领导请听我解释

年轻时的他做了一件对不起领导的事,一直想找机会向领导解释。终于,他找到了机会,突然感觉那件事在大脑里却是一片空白。

他刚参加工作,风华正茂之际,却出了一件事。

他有文凭,年轻,所学又是单位的冷门专业,初出茅庐做的几样活也颇得赞誉。可以看出,领导对他还是满意的。但是节骨眼上出了这样的事情,他觉得很不应该,这件事虽然不全怪他,可是领导知道吗?其他人会不会在领导面前打自己的小报告?他知道领导不是一个小心眼的人,可是人却是很微妙的,谁也不好预料谁会在某件事情上在意。他想到自身有较好的条件,却因为这件事影响到领导对他的看法,甚至会影响到前途,他不禁有点冒汗。

披着狼皮的羊

社会是个大舞台，他清楚自己刚刚踏入社会，自己扮演的角色表现得怎样，主要得看观众的反应。当然了，领导就是自己的观众。这件事必须向领导当面解释一下。

他上午一上班就去找领导了。他鼓起勇气敲门，进去发现领导正在埋头写东西。领导说，我一会儿有个会，正在准备材料，你有事吗？他憋红了脸说，其实也没啥事，以后再说吧。他逃也似的跑出了领导的办公室，既遗憾没有给领导当面解释清楚，又懊恼因紧张差点语无伦次丢了脸。

他这才发现自己有在领导面前不敢说话的毛病。其实领导对待下属还是挺随和的，同事都是这样反映的，他自己在平时也这样感觉到了。一没做亏心事，二没把柄落在领导手里。可是，自己在领导面前怎么就这么紧张呢？这种紧张来得莫名其妙。年轻没有经验，这是他最后给自己的定论。从来不跑步的他开始练长跑了，从来不热爱体育活动的他买来了拉力器、握力器、哑铃等，还制订了锻炼计划，每天早晚从不间断。加强锻炼增加肺活量，就不容易紧张了，这是哪本书上说的。

每天他对着镜子说话，把镜子里的人当成领导，自己一问一答，自我锻炼，因为他必须向领导解释清楚那件事，那件事始终压在他心头不能释怀。

一天早上跑步，他惊奇地发现领导也来跑步了。领导和蔼地和旁人打着招呼，本来就不是很威严的领导现在显得比平时更加可亲了。他快速地逆转过来，装作无意地与领导打个照面。领导身边有人时他觉得不好说，

第四辑　阿尔茨海默之旅

没人时，突然又觉得不合时宜，想了想还是放弃了。他和领导并行跑了两圈，领导问了他几句家常话，他始终没有解释什么。

自从那次跑步后，再和领导打照面，说话也自然了。他测了一下肺活量，已经从原来的3600毫升升到了6000毫升。于是，要跟领导当面解释的心理又在心口升腾。有了勇气的他突然意识到，向领导解释的时间、地点、方式其实都不是重要的，那只是自己找的一个借口罢了。

终于有了一次机会。他说，领导，我得向您解释一下，在某年某月的一天发生的那件事。领导愣了一下，说我怎么不记得还有这样一件事。他描述了一下当时的情形，并把领导在进入现场时差点被扫把绊了一脚的细节都说了。领导还是说没印象。

领导就是领导啊，假装不知道其实是不和咱小兵一般见识。如果再解释下去恐怕领导就会嫌他啰唆了，他说了一半就咽了下去。此后，他感觉领导看他的眼光怪怪的。

早上刮脸，他猛地一下发现自己的两鬓添了白发。他知道自己不属于少白头之类的，是年龄使然。他突然感觉到一种紧迫性，那个向领导解释清楚的念头再次涌起。这次，领导主动提出了这件事。领导说，你好像原来要给我解释什么。领导的记性就是好。他说，就是啊，我一直想着给您解释清楚那件事，不然我这心里老是放不下。领导笑了笑说，只要在我权限内的，只要是能办的，我一定尽力。他说，我不是求您办事，是向您解释

"披着狼皮的羊"

一件事。

他想了想，突然感觉那件事在大脑里却是一片空白。又想了想，那片空白却逐渐升腾成一股水雾。怪了，我有什么事要向领导解释呢？他使劲地晃了晃脑袋，竟然没有一点印象了。

领导笑了，尽管说嘛，不要有什么压力。

他确实想不起来要向领导解释什么了。

买车记

刚买的新车被偷，当"我"到二手车市场买车时，先是遇见了偷车贼，后又被当成了偷车贼。最后痛定思痛，决定买一辆便宜的新车，结果状况频出，尴尬不断……

起初，我从家到单位上班，走路只需十分钟。

后来，单位搬迁了。

从家到单位新址，我测试了一下人工移动时间是一个小时。

看来，根据需要，我得买车了。

车买来了，黑色的，花了我不少银子。同事说，我坐在上面特有男人味。我自豪了很长时间。

对于防盗问题，我当然不会掉以轻心。但手心攥得再紧，也会漏风。一天，我回家取个东西，把车停到楼下，

> 第四辑　阿尔茨海默之旅

三分钟后下楼，车就不见了。心痛之余，我不得不佩服小偷的高效。

有经验丰富者献策："最保险的还是买辆二手车，用于上下班足够了，省钱又省心。"

我欣然采纳。

周末来到郊外的二手车市场。

我有两个目的：一是买辆中意的二手车；二是试图找回那辆丢失的车。

一辆样式、颜色、牌子都不错的车出现在眼前，我上前和车主人打招呼："这是你的车吗？"

"是啊。"

"就这一辆？"

"可不是嘛，原本是自己用的，想换辆新的。"

"卖二手车的都是这样说，不要以为我不知道底细。"因为刚丢了车，我话里带刺，扎得他都有点脸红了。

"你到底要不要？"

年轻人的慌神更增加了我的底气，我不会放过这个砍价的好机会。我步步紧逼："你这车到底从哪弄的？"

他不自然地笑了笑："是朋友的，我只是帮忙……要不，我去把他叫过来，你们直接谈？"一闪眼，年轻人消失在人群中。

我静静地守着那辆车，主人不来我也不敢离开啊。

一个小时过去，两个小时过去了……

日头把人的影子压到最低的时候，年轻人还是没有踪影。我这个急啊！最后决定先带回家，下午再还给

披着狼皮的羊

那人。

我刚要起身，衣服就被一生人拽住了："可恶的家伙，我盯你半天了，偷了我的车还想走？"

派出所里明镜高悬。我洗清了自己，却沉淀了愤恨。

我总结了一下经验，决定再买辆新车，要便宜的。便宜的新车即使被偷走了也不心疼，省得闹心。

车买来了，除了牌子、价格，颜色、款式、外观都与名牌车不分伯仲，谁说便宜没好货？

实践证明，便宜的确实没好货。

三天后，座位松了。五天后，刹车失灵了。修一下花点小钱倒无所谓，关键是每次都坏在上下班的路上。那个尴尬哦。从来不骂人的我忍不住吐了脏话："这破车，去死吧！"

一个月后。一天早晨，我一看表快迟到了，就火急火燎地往下跑。坐在车上，总觉得哪不对劲，仔细一检查，后轮胎瘪了。

我打通了领导的电话："张经理，不好意思。我的车胎爆了，需要修补一下，上午上班我晚去一会儿。"

领导很诧异地说："今天不是周末吗？"

都是这自行车闹的。

第四辑 阿尔茨海默之旅

学习机

一个出身困难但学习优秀的孩子因为学校要求买学习机，求助资助人娟姨无果，就想退学。学校考虑到经济利益，帮他解决了所有困难。最后孩子向娟姨报喜，娟姨却怎么也高兴不起来。

普儿一放学，就把书包使劲甩到床上，那只酣睡的肥猫被砸得惨叫一声，窜了。妈妈看普儿撅着嘴满脸的不高兴，也不理他，只是象征性地提醒了一声，快点写完作业帮我再拉一趟菜。

傍晚了，天还是死闷，没有一丝风。普儿的脸比天还沉。

普儿在班里一直是尖子生，颇受老师喜欢。普儿在家也比较懂事，写作业不用催，还经常帮助妈妈做家务。今天，普儿在妈妈的嘟囔声中并没有像往常一样去写作业，而是赌气似的把自己使劲撂在床上。妈妈拍了拍他，普儿，谁欺负你了？还是考试没考好？

普儿头也没抬，撂出一句，都不是，今天老师说学生都得买学习机。

学习机？啥是学习机？这学习还得用机器？

你不懂，就是帮助学习的机器。

那得多少钱哪？妈妈从贴身的衣服里摸出一把毛钱，数了数，给，我这还有七八块钱，前天给你爹买药

披着狼皮的羊

剩下的。

啥呀？那学习机得要三四百块呢！你这几块钱连买一张卡都不够。

妈妈没吭声。

普儿就给娟姨打电话。

娟姨愣了一下，哦，这么多！我想想办法吧，娟姨的单位最近停产了，现在只发基本工资，手头也不宽裕……

普儿父亲工伤残废后，因为责任认定问题，单位推保险公司，保险公司推个人，半年过去了，赔偿一直没有得到解决，现在只靠妈妈早出晚归卖菜养家。妈妈的身体被拖垮了，现在也成了药篓子，沉重的负担已经让这个家庭难以承受。通过当地工会组织，娟姨成了普儿一家"一对一"帮扶的志愿者。

普儿放下电话，一颗石头在心里上下翻腾，寻思自己做得对不对。他比其他同龄的孩子显得要早熟。想到如果因为学习机的事而失学，普儿就心焦。其他的孩子买一样几百块钱的东西眼睛都不用眨，自己偶尔能喝一碗肉汤就算是奢侈了。

娟姨没有回音。普儿知道没希望了，三天后的下午，普儿就直接把书包带回了家。他不想让老师开除自己，就主动退学了。普儿流着泪一路小跑，跑到二环外的一个垃圾场痛哭了一场。妈妈看明白了，背过脸去没吭声。普儿反而有了一种解脱。

校长带着两个副校长和总务科长站在普儿家租的满是破烂的小院子时，普儿突然萌生了一股说不上来的成

第四辑　阿尔茨海默之旅

就感，还隐约带着一丝快意。

校长说，普儿是不是要转校？

妈妈说，想转，就是没人要。

校长说，普儿学习不错，那也是咱学校培养出来的，不管咋说，对咱学校还是有感情的，你们说是不是？

普儿大着胆说，是啊，校长，可俺家买不起学习机。

校长笑了，好，这个你不要操心了，我掏钱给你买。又转向普儿妈妈，你也不要有啥想法了，我们在学校腾出了一间房子，明天你们全家就搬进去，一直住到孩子毕业，普儿的住宿书费全免，我们安排您到学校的图书馆工作，每月八百块钱，回头学校负责再联系一家公益机构，帮助你们解决家里的困难。

一张带肉馅的大饼突然带着响声砸到一个饥饿的人身上，所有人都吓了一跳，半天没吭声。

在回去的路上，看大家都有点迷瞪，校长算了一笔账，支付普儿全家两年的开支也就是两万块钱左右，而多一个学生考上重点大学，下届招生我们就可以扩招十个人，按每人缴纳扩招费七千块钱算，就是七万。根据普儿的成绩，考个二类的重点应该没有问题。如果普儿一转学，就会有十个名额泡汤。走在路上，四人像抱着失而复得的五万块钱一样欢快。

普儿复学后的一周后。娟姨回了电话，学习机的钱确实困难，你们再想想别的办法吧。普儿挺直了腰杆说，娟姨，俺家再也不用你资助了，我也用上了学习机，这些都是靠我努力学习挣来的。

娟姨放下电话，却怎么也高兴不起来。

第五辑　披着羊皮的羊

　　导读：大全的爹被村主任金树当医生的弟弟看病看死了，一场可能引发的医疗纠纷，因为彼此都是本家兄弟而终结。从此大全就跟着金树吃香的喝辣的，只要有村主任金树，就有大全的影子。但是，金树却经常侮辱大全，有时周围人都看不下去了，大全却能忍受。金树突发脑溢血去世，大全竟然莫名其妙哭起爹来。

一张烈属证

　　烈士的父亲总是在人多时把那张《烈属光荣证书》挂在显眼的地方，甚至挂在别人办喜事的地方，引人不快。过年时，村里敲锣打鼓给他送面粉猪肉对联，看着他脸上露出的笑容，大家觉得他是在炫耀。一个为革命牺牲了儿子的父亲，能炫耀什么呢？

第五辑 披着羊皮的羊

千口村是乡政府所在地，村里的人气自然比周围村庄旺了些。

乡里搞计划生育宣传，村民婚丧嫁娶，都要请戏说书，周围三里五庄的人都扛着长凳，提着马扎将台子围个水泄不通。人聚齐了，边鼓一打，戏、书也就开始了。

每当这时，马道三总是会背着一个包裹出现在场边。先是取下包裹，然后从包裹里托出一个布包，一层一层地剥开，最里面的就是一张证书模样的东西，用袖子擦擦墙上或树上的浮灰，把那证书小心地挂起来，最后，取出马扎坐在下面守着。场一散，他又会非常小心地将证书取下用布包好，再放进包裹里。那是一张《烈属光荣证书》。

人越多，他越是乐此不疲，成了千口村的一道风景。挂的次数多了，人们就习惯了，只要他一来，人们就招呼，三爷，来了，挂这吧。

村里说书，马道三又来了。还是像往常一样，取出了那张证书，寻找显眼的地方。那说书的认识他，就高声说，挂那就行了，能看见，人们就一阵哄笑。马道三就笑笑，也不分辨，将《烈属光荣证书》挂在那个不太显眼的地方。

如果是乡里、村里包场，或者是丧忧事请戏，倒也罢了，有时人家办喜事请戏，他也会把那张《烈属光荣证书》一如既往地挂上去，引得人家不快，他也不理会主人的眼色。

我们只是知道他的儿子是烈士，其余的就不知道

披着狼皮的羊

了。当我们要求他讲讲他儿子的英雄事迹时，他只是习惯性地摇摇手，笑笑，并不开口。他和他照顾着的风瘫了二十多年的老太太相依为命。经常见他佝偻着背一人去邻居家提水，母亲每次遇见，就唤我帮他抬，我在他家里并没有看见我想看的东西，再多看时，一个苹果或者梨就塞了来，也就没有继续看下去的理由了。

他的这种保守式的生活和这种在人窝里挂证书的炫耀劲儿，让亲戚邻居总是看不过眼。也只有在过年的时候，村委会敲锣打鼓给他家送来面粉猪肉对联时，大家才知道在平时可有可无的马道三，此时成了主角，脸上流露出的是那种难得一见的欢欣。

我们始终没有听他讲过儿子牺牲时的壮烈，后来也就没人问过他。更多的时候，是见他将《烈属光荣证书》挂在人多显眼的地方，然后，取出马扎坐在下面。

马道三在老太太死后的两三年就死了。起初，逢集，唱戏，说书时，有人还会提起，今天如果马道三还活着，肯定又会挂他的《烈属光荣证书》了，人群中就会发出会心的大笑。

后来，人们就不说了，他的身影和印象也就随着他的死而逐渐淡去了。父亲手头有一本县志，我偶尔翻起，见烈士名录中有这样的记载：马雪见，1923年生，1944年入党，同年参加革命。1947年在解放山东阳谷时牺牲，时任六中队排长。

听人讲，马雪见牺牲后先是葬在了一个烈士陵园，后来又迁到了祖坟上。前两年政府要求平坟。按说，烈士墓是可以保留的，可当时他家里已经绝户，没人提，

▶ 第五辑　披着羊皮的羊

就随着其余的坟给平掉了。

马雪见就是马道三的儿子。

披着羊皮的羊

这是一只有理想、与众不同的羊，他历尽艰辛，把为羊群寻找大草原为己任，几次面临危险，但都化险为夷，终于实现了愿望。然而，当羊发现大草原的问题被羊群无情地否定时，他却倒下了。

一只披着羊皮的狼混进了羊群，他不思进取得过且过，消磨了自己的意志，当他被赶进一个屠宰场时，才追悔莫及……

羊读着马立坤的小小说《披着羊皮的狼》，就突然有了许多感悟。狼尚且如此，何况羊乎！

羊们习惯了任狼宰割，习惯了听天由命，习惯了不公平命运的存在。

羊不禁打了一个寒噤。

喜欢读书，喜欢思考，羊就不是一般的羊了。羊的过羊之处在于羊有自己的想法，并将其付诸行动。

羊不需要准备什么，带上信念就足够了。羊在尾巴上绑了一根鞭子，随着身体的晃动，晃动的鞭子很容易让羊想起被奴役的耻辱，从而成为前进的动力。

没有出发的仪式，也没有亲人的送行，在一个深夜，

披着狼皮的羊

羊出发了。踏着灰蒙蒙的积雪,告别了逐渐萎缩的草地,羊把梦想中的大草原装进了自己的行囊。

越过一个山梁,呼啸的风把羊掀了个趔趄。鞭梢扫在羊背上,火辣辣地疼。

狼嚎自远处传来,静寂的黑夜更加阴森。羊颤抖了一下,但信念很快就击败了恐惧,他告诉自己,我已经不是一般的羊了。狼还是嗅到了羊的存在,羊的周围已可见绿光闪闪。羊把头抵在石头上蹭了蹭,刚刚露出尖尖角的羊角显然有些稚嫩。

狼群已经势在必得,尽管眼前的这块肉还不够塞牙缝。但狼群还是很认真,每头狼都在按照围猎的程序履行着自己的职责。那羊显然吓坏了,突然用头顶地,后腿直立了起来。狼们见多了猎物在临死前的表现,怕死的心理是相同的,垂死挣扎的方式却多有不同。羊的两条后腿竖立起来,一张一合,像是在做体操。有狼看出了端倪,那羊的尾巴与众不同,像是拴着一样东西。忽然,那东西摇动了起来,速度越来越快,带着风声,进而呼啸起来。那晃动的东西也不知先触动了哪根紧绷的神经,随着那根神经的崩溃,狼群一下炸开了。

羊对在危急时用不成体统的一招救了自己的命是始料未及的,但却是成功的。虽然危险解除,但羊明白,凭目前的状况,自己走不远。

那是一个晴空万里夕阳赤染的傍晚,羊把命运托付给了落日,落日把希望寄予了一个羊群。羊混入这个羊群时并没有引起羊群的注意。羊随着羊群早出晚归,用接近贫乏的牧草滋养着体力,也滋养着理想。羊的理想

第五辑　披着羊皮的羊

并没有因为短暂的安逸而减灭，反而愈来愈强了。

一次，羊群吃草的地方靠近羊追求的方向。机会来了。

傍晚，风雪突然降临。风夹着雪刮歪了天囱，羊毛抵御寒冷的承受能力也达到了极限。狼群出动了。羊群被狼群赶进了背风坡上的雪窝里。狼群展开了大肆的杀戮，一刹那，尸横遍野，鲜血染红了雪地。羊陷进了一个冰冷的大雪窝里，没过头顶的冰碴子延缓了羊的寿命。狼群吃饱喝足，看了看在深雪窝里挣扎的羊们，呼啸一声，走了。他们要等到来年开春雪化了，再来打扫战场。冰天雪地就是狼群储存粮食的天然冰库。

羊奇迹般地在雪窝里熬过了四天，是理想支撑了羊。

羊被牧羊人救了出来。和他一起出来的羊寥寥无几。

羊开始冷静下来，想，我虽然是只有理想的羊，但我追求理想的路上却充满了危险。这种危险已经超出我的承受能力。羊放弃了自己的理想，随着牧羊人回到了零落的羊群里。羊要在异地埋葬自己的梦想了。

羊很快就发现这个想法是错误的。因为头羊已经盯上了他。从头羊敌意的目光中，羊感受到了陌生，怀疑，仇恨。羊知道头羊已经把他当成奸细，甚至这次被狼群成功打围就是自己作的恶。

羊义无反顾地走了。羊的这个决定我无法判断是对还是错。面对理想，我们需要这种执着和拼搏。但面对挫折，我们有时却需要保存实力。但后者更像是个借口。

披着狼皮的羊

我们不得不承认这样一个现实，羊顺着既定的方向又爬过两个山头，终于找到了理想中的大草原。羊的责任感不允许他独自享受这片牧草，他没有忘记出发前的理想：找到大草原，让羊群过上丰草足食的生活。妈妈和弟弟妹妹们已经望眼欲穿，期盼的眼神在羊的眼前就一直没有消失过。

回去的路虽然充满了坎坷，但都没有阻挡住羊胜利的步伐。

羊受到羊群的热烈欢迎。

对于羊发现大草原的问题，羊们专门召开了一个会议。大家一致认为，羊的精神可嘉，值得大家学习。但羊发现的草原毕竟距离太远，且路途充满着凶险，根本不适宜羊群迁移。

羊成了脱离团队脱离实际好高骛远的典型。几天后，羊竟无疾而终。

学友自远方来

子超的一个同学打来电话，口音变了，嗓音也变了。这倒不是最重要的，关键是子超的这名同学去年刚去世。随着谜底逐渐揭开，人和人之间的信任危机一直在上演着。

星期一一上班，子超就忙个不停，电话一个接一个。

第五辑 披着羊皮的羊

手机、座机轮流接打。单位搞 ISO 质量体系认证，上面任务压得很紧，子超负责档案资料的收集整理工作。这不，上午十一点半，子超刚刚喘了一口气，电话铃声又响了。来电显示是长途。

"请问，子超先生在吗？"是南方口音。

"哦，我就是啊。"

"呵呵，老同学，还认识我吗？"

"……这个，呵呵，时间长了，听不出来了。您是……？"

"真是贵人多忘事啊！"那人顿了顿，"也难怪，咱们的同学能听出是我的不多了。我是余全哪，呵呵……"

子超一愣。脑海中不停地闪动着一个熟悉的面孔，那张熟悉的脸在他眼前变幻着各种形态，忽而向他扑来，忽而不见了。子超突然就在一刹那，后背湿漉漉的。

他硬着头皮接话，"哦，是吗？听不出来了，你的口音变了不少。"

"是啊，我在南方待了七八年，口音变了。"

"声音也变粗了。"

"前两年咽炎动手术影响的，怎么？老同学，不相信我啊？呵呵，也难怪……"

"哦，哦，不是，看你说的，这么长时间不和我们联系，只顾自己发财了，我还以为你把我们给忘了。"

"哪里，哪里，在外面混，尤其是在这个经济发

披着狼皮的羊

达地区，钱确实挣得多，付出的也多啊！拼钱就是拼命。给你说啊，老同学，我这次到郑州出差，老同学聚聚？"

"啊？哦，好啊，好啊！老同学聚聚，什么时候来？我去接你，我们这离火车站还有二十多公里，不好找。"

"你看，小看我了不是？谁还坐火车啊？到时去飞机场接我就行了。"

放下电话，子超就什么都干不下去了。其实，接到一个多年不联系的同学的电话，本来是正常的。不正常的是，这个同学去年刚刚去世，他还亲自参加了那个同学的葬礼。现在却活生生地打来电话，真是见鬼了！

回家后，他谁都没敢说。晚上看着电视，他突然恍然大悟，骗子，绝对是骗子。什么口音变了，喉咙做手术了？人都死了，真是可笑，说不定是在哪个网上看了我们的同学录，就按照上面的电话打来，冒充撞骗。这骗子真是疯了，这么低能的把戏都能用上？可是，人家只是说拉拉老同学关系，也没让自己说银行存款密码，也没让汇款，自己也并没损失啥。想到这里，子超心里轻轻舒了一口气。子超隐隐感觉到，这只是个开始，后面还有戏。

不出所料，一个星期后，子超接到了那个自称是老同学余全的电话，说后天到郑州，让他到机场去接，并留了自己的手机号码。并且那"余全"还补充了一句话，我原来在韩国打过两年工，中间出了事故，脸部被烧伤，做了整容手术，你可能认不出我了，况且，过了

第五辑　披着羊皮的羊

十来年了，我也不一定能认出你来，到时举个牌子，写上"接余全"就行了。子超更印证了自己的猜测。不过，这次子超把这事告诉了所有在本地的同学，并让大家见机行事。

两天后，子超打"余全"的电话，先告诉他，今天单位有车到郑州办事，正好趁车去接他。"余全"很痛快地答应了："好吧，我的飞机是中午十二点到郑州，到时你到机场去接我就行了。"

根据事先的安排，子超还真的接到了那个早已面目全非的"余全"。子超假装亲热地寒暄了几句，心说，这骗子也忒大胆了，看你怎么收场？

车直接就把那"余全"拉回了家。一进门，早就等候在家里的十来个同学同时迎了上来，其中还有一名是在当地派出所工作的，当然，是子超提前安排好的。

子超事先没有告诉他家里还有这么多人，怕他不敢来。那"余全"一进门，猛地见涌出来这么多人，不禁一愣。随即，他抓住一个人的手，脱口而出："刘剑峰，耗子，还记得我不？"又抓住另外一个人的手："王富宽，好久不见。"这次就换成大家伙愣怔了。他叫出了十几个人名，还叫出了几个人的绰号，并且都对号。

那"余全"看了看四周，说道："怎么不见'我'呢？"此话一出，一股冷飕飕的寒气吹过每个人的脊梁骨，大白天的，真是活见鬼了。

看大家紧张的表情，"余全"有些莫名其妙："我说的是那个和我同名的同学，咱们班当时不是有两个余

披着狼皮的羊

全嘛，他是大余全，我是小余全，我去得晚。"

大家一拍脑门，咳，可不是嘛，咋把这茬给忘了？他们班确实有两个余全。当时，小余全来得晚，性格内向，又是外地的，毕业后大家和大余全在一块的时间长，也就忘了这件事。前段时间去世的是大余全，现在来的就是小余全。大家围住小余全仔细观察，虽然十几年过去，也整容了，但根据记忆还是能看出小余全的轮廓。

子超说："晚上我请客，为咱们的小余全通过 ISO 质量体系认证庆祝一下。"大家都会心地笑了。小余全不知道怎么回事，挠挠头皮也跟着傻笑了起来。

老陈的心愿

老陈在国企被一刀切下海，后经商身价上亿，却为儿子能在大型企业找个固定工作而费尽心思。小陈是怎么想的呢，能找到固定工作吗？有一天，老陈却突然死了。

老陈一直有个心愿。

老陈的这个心愿整整坚持了十年。要不是死得早，他还会坚持下去。

老陈的心愿是：在大企业给儿子找个固定工作。

老陈有一个女儿和一个儿子。女儿在省会有个不错

第五辑　披着羊皮的羊

的公务员工作。儿子一直待业在家，成了老陈的心病。

当年，国企改制，一刀切去了坐在总工位置上的老陈。那年，老陈52岁。

在事业的高峰期激流被退，老陈真是体会到了老牛掉进井里的感觉。老陈不想把自己的技术带进棺材里，他拿出多年的积蓄，干起了自己的事业。好的技术加上市场牛情，几年后，老陈的事业如日中天，资产积累到了上亿。

老陈的儿子叫小陈。小陈的儿子都已经四岁了，小陈还是待业青年。小陈原来技校毕业后有个工作。后企业倒闭，就一直赋闲在家。没事了就召集一帮狐朋狗友喝酒打麻将，要不就出去旅游。

那几年留学热，老陈准备送儿子出国镀金。小陈虽然一千个不愿意，最终还是去了。结果，小陈离开了家里的约束，更加肆无忌惮，无心读书，第一个学期下来，竟然只有一门及格，曾一度要求回来，老陈的老伴晓之以理，动之以情，硬是用一把眼泪给冲了回去。直到有一天，小陈背着行李，像逃荒一样站在门口时，老两口才认识到自己的错误。

老陈在单位上班时，加上老伴的工资，按照这个城市的消费水平，足够一家过小康生活了。小陈生活无忧无虑，也娶上了漂亮的老婆，懒散惯了，也就不想再找工作来约束自己。一次出去喝酒与人发生冲突，脑袋被人拍了一砖，好在没有致命，但留下了头痛的病根，这更成了他不想找工作的理由。老陈催得急了，小陈就反驳，我还想自己创业呢，老陈就说，你创业也行啊，我

披着狼皮的羊

支持你。小陈说，不是找不到好项目嘛，盲目投资不是拿着钱往水里扔嘛。老陈没辙了。

老陈一门心思想给儿子在大企业找个固定的工作，并不是让儿子去大企业锻炼锻炼，为以后接自己的班打基础。老陈坚信"钱财吃一会儿，技术吃一辈儿。"老陈知道，自己身后留下的财产儿子只会坐吃山空，在大企业工作不但能学到技术，还旱涝保丰收衣食无忧。为了让儿子收心，他就对儿子的日常要求也严格起来，在经济上的支持也是温饱加零花。老子急得猴急乱跳，儿子却稳坐泰山，好像找工作的事离自己很遥远。

就这一个儿子，你拼死拼活挣的钱，早晚都是他的，何必呢，有人经常这样劝。但老陈是有想法的人。

朋友鼓捣小陈，你爸恁有钱，手指缝里露出点零碎就够你买辆奥迪，你看你，啥年代了，还骑辆破驴，不嫌丢份子？小陈的火也是经常在那个时候被爆燃，可一想老爹还整天骑着一辆半旧的自行车呢，再加上找工作的事一直拿捏在老陈手里，小陈就只好让这个念头自生自灭。

从家里到厂里，老陈每天都是骑着那辆已经骑了七八年的自行车。锻炼身体，保护环境，这是老陈在别人异样的目光下保持的心态。老陈厂里雇有十几个工人，老陈和老伴不放心，每天和工人一起上下工，对一些关键性的技术问题还要亲自爬上爬下察看分析。可以说，老两口把事业当成儿子养了。

老陈的死很突然，之前没有半点迹象，终年59岁。

第五辑　披着羊皮的羊

老伴早上起来时，老陈已经断气了，没有给任何人留下任何话。有人说，老陈是累死的，挣的钱自己却花不上，图个啥？一时成了街坊邻居的话茬。

老陈的事业小陈接着干，并没有因为老陈的死而受影响。

后来，有人遇见小陈，嚆，厉害，赛车也开上了，当了老板就是不一样。然后看着小陈的儿子，没话找话，略带羡慕地问，以后准备让儿子接你的班吗？

小陈不屑地说，我可不能再害了儿子，我要让儿子上大学，大学毕了业找个固定工作才是正事。

修电视的大顺子

高中生大顺因为二木爷的一句话，赌气爬天线杆摔傻了，但在修电视方面显示了非凡的才能。大顺的独门生意让他成了村里最早富起来的一个。二木爷问孙子今后的理想，孙子说想跟大顺学习修理电视机。二木爷的脸色当即就变了。

二木爷揉了揉眼，想，这电视真日怪，电视剧明明演的是夏天，怎么突然下起雪了？

坐在后面的大顺笑着说，二爷，那是没信号了。

二木爷拍了拍后盖，电视上出来了半拉人，晃了一下又变成了漫天雪花。

披着狼皮的羊

接下来任凭二木爷怎么拍，电视连一个鸟都没有出来。

电视坏了。

二木爷正被电视剧勾着魂呢，说，大顺子，你别光笑，快点儿给我修修，一会儿这集就演完了。

大顺拿着二木爷塞到手里的工具，打开了电视后盖。电视里面的家什花花绿绿纵横交错，却理不出个头绪。大顺晃了晃脑袋说，没有毛病啊，你看这线没有断，零件没有烧，是不是信号不行啊？

二木爷说，屙不出屎别怨茅坑，高中生连电视都不会修，看来这学是白上了。

大顺赌气爬上屋顶，把天线转了一圈，又把连线捋了一遍，雪花依然在屏幕上漫天飞舞。大顺在爬上支撑天线的竹竿时滑了下来，像一只断翅的老鹰，"嘭"的一声砸在了地上。

大顺手持螺丝刀在大街上匆匆走着。行人无论认识的还是不认识的，都躲得远远的。有胆大的问，大顺，去哪咧？

大顺并不停下脚步，昂首挺胸地说，去修电视！眼睛随着脚步的走向，直勾勾地盯住前方，连一个乜斜都不给人家。

大顺会修电视了，有人巴结着说。

好生生的儿子变成了傻子。大顺娘的眼泪都哭干了。大顺从二木爷家的竹竿上摔下来，苏醒后就变成了这样。二木爷的肠子都悔青了：这是哪辈子造的孽哦。

大顺说二爷，你家的电视坏了，我会修。二木爷连

第五辑 披着羊皮的羊

声回答，是啊，是啊，俺大顺子会修，别人都不会修。大顺还真就拿起螺丝刀把二木爷家的电视机后盖又给打开了。二木爷不敢吱声。这台电视机是城里的侄女给他买的，除了村主任家的，这是村里的第二台电视机。平时二木爷当宝贝一样看着，就连自己的宝贝孙子都舍不得让摸一下，但大顺敢摸。即使弄零散了，二木爷也不会说一声"不"的。二木爷觉得即使这样也远远偿还不了对大顺的愧疚。

大顺出了这事，学也上不得了。邻居感叹，耽误了一个大学生。大顺上学时的成绩一直名列前茅，绝对是大学生坯子。

大顺鼓捣了两下，二木爷的电视竟然修好了。

村主任家的电视也出了毛病，可周围十里八庄的没有一个修电视的。当时的电视是稀罕物，修电视的更甭说了。有人说，村东头的大顺会修电视。村主任笑了，那是糊弄傻子的，即使二木的电视是他捣鼓好的，也是瞎猫遇见死老鼠。

二木爷领着大顺上门了。二木爷说，村主任，让大顺子给你修修，死马当成活马医吧，闲着也是闲着。其实，是大顺缠着二木爷要来的。二木爷跟村主任打下了包票，修不好就把自己家的抱来。二木爷在衡量傻大顺和一台电视的比价，更是在衡量良心和物质的比价。

大顺打开电视机后盖，鼓捣了几下，插上电试了试，竟然出影了。村主任和二木爷的嘴半天没合上。

村里的电视逐渐增多，大顺表演的机会也多了起来。

人们发现大顺在修理电视机的时候头脑非常清醒，

披着狼皮的羊

思路异常清晰，完全和平时判若两人。

大顺在村口的公路旁开了一家电视机维修部。二木爷出钱盖的房子，让大顺免费使用。大顺手艺好，收费没有明码标价，给多少都行。再加上周围乡里独此一家。生意异常火爆。以后，大家再也看不见大顺拿着螺丝刀满街跑，忙碌的大顺也没有时间发病了。

大顺的独门生意让他成了村里最早富起来的一个。

有人给大顺提了一门亲事。女方见到大顺，就痛快地答应了这门亲事，可大顺却不同意。大顺嫌人家一只眼睛不得劲。

一天，大顺去城里进货带回来一个女孩，邻居都去看了，那女孩要模样有模样，要身材有身材。羡煞了村里多少年轻人。

前几年，大顺已经把原来的小店经营成集电器销售维修为一体的综合公司了。公司的名片上赫然印着：董事长高大顺。

人们发现，二木爷的脸上也一扫多年的阴霾，灿烂起来。大顺的一举一动都牵着二木爷的心哩。

二木爷的孙子高中快毕业了，回家时喜欢去大顺哥的公司玩，有时还能帮上大顺一把。

二木爷问孙子今后的理想，孙子说，现在上大学也不好找工作，我想跟大顺哥学习修理电视机。

二木爷的脸色当即就变了，滚动着喉咙，半天，骂了声：没出息！

第五辑 披着羊皮的羊

三 跳

世上竟然有跳楼表演的。然而，表演者的表现令观众不满意。真正的跳楼者来了，观众继续觉得没意思，围观者寥寥。跳楼者倒觉得没意思，于是成了本市近几年跳楼轻生的最后一个，但是未遂。

天刚蒙蒙亮，月亮广场就围了不少人。

因是周末，随着日光逐渐掀开夜幕，好奇心使然，人群就呈几何倍数增加。大人，小孩，老人，妇女一干人等，把广场围了个水泄不通。

广场中央矗立着一座本市的标志性建筑——清风楼。晚来的顺着众眼看去，只见楼顶站立一人。楼顶上的人大喊，可恶的包工头，你丧尽天良，卷走我们的血汗钱，让我们白干一年，这一家老小咋过啊——

下面有人大喊，小伙子，想开点，你可以去政府讨个公道，你想想家里的亲人……

这边话还没落地，那人纵身一跃，"倏"地飞了下来。有胆小的赶紧捂上了眼睛。

跳楼人在空中的时间紧揪着围观者的心，相互之间可以听见对方的心跳。

这时，有人大喊，成功啦——

人群一阵骚动，都睁大了眼睛细瞅，只见那人落到了下面的一个厚厚的棉垫子上，弹了几个高，才从上面

披着狼皮的羊

跳下来。

人群中一手持扩音喇叭的人凑过来,请他谈谈感受。

跳楼人大声说,我跳到中间就后悔了,但是也晚了,如果是真跳,命早就没了。

喇叭满意地点点头。他清了清嗓子,尊敬的女士们,先生们,大家早上好!今天,我们聚集在月亮广场,举办这样一个特别的公益活动,旨在告诉大家生命的可贵和不可再生,也希望通过这次活动,使我们更加珍惜自己的生命,对亲人负责。

他把喇叭口朝天举了举,我们本次跳楼活动共分三跳,第一次是为钱而跳,第二次是为情而跳,第三次是为己而跳,基本囊括了跳楼轻生的类型。刚才我们已经成功进行了第一次的为钱而跳。通过刚才的第一跳,使我们清醒地认识到,所有的自杀者都是一时冲动,等意识到这点后悔就来不及了,所以,只要我们把后果想到前头,就不至于悲剧重演。

他清了清喉咙,下面进行第二跳:为情而跳。不知何时,跳楼人已再次站在了刚才那个位置。

跳楼人突然哭了,翠儿,你怎么就不顾咱们五年的情分抛下我走了,你难道真的为了那小子的钱吗?我感觉这几年都是为你而活的,你走了,我也不活下去了。

预备——开始——跳——

知道了真相,人们就不害怕了,眼睁睁地看着跳楼人先是张开双臂,纵身一跃,身体在空中转了几圈,最后扑地落到垫子上。

有人戏喊,这次没有上次跳得好看,不算,重来。

第五辑　披着羊皮的羊

人群中一阵哄笑。

跳楼人对着喇叭谈感受，我跳到中间就后悔了，但是也晚了，如果是真跳，命早就没了。

众人皆不满意，显然主持人也不满意，再次把喇叭递过去，让他重说。

跳楼人就有点结巴，确实，确实是这样，我跳到中间就后悔了，但是也晚了——

人群中有人吹口哨，表示愤懑。

跳楼人第三次站在了楼顶，开始第三跳——为己而跳。这时，有点起风，楼顶的风显然还要大些，他身子晃了一下，显得精神恍惚，这与他的角色很相称。他神经质地叫道，世间俱醉，唯我独醒，我要解脱了。

为了姿势好看些，他还采用了跳水的动作，从楼顶把自己抛了下来。

因是最后一跳，人们虽然觉得没意思，还是睁大了眼睛，把跳楼人的每个动作都尽收眼底。

跳楼人身体在空中转了几圈，直坠青云……

小玉本来今天是要唱主角的，被一场跳楼秀打破了计划，却受到了启发。

小玉也选了一个晴空万里的好日子。

小玉站在了清风楼的楼顶，跳楼人站的位置，当时用粉笔画的位置还隐约可见。小玉可不是来表演的，她要玩真的。她手持扩音喇叭，高声放悲，罗强，你有种，但你得为你的所为付出代价，使你终身不得安宁。

披着狼皮的羊

她用得到的灵感放大了自己的声音，半城的人都听到了。

下面的几个游民在百无聊赖地闲逛，一见来了热闹，就拼命地向上打口哨，还大叫，美女，下来吧，哥接着呢。还有人大喊，这么漂亮的小妞，毁了多可惜啊！

小玉的嗓子都喊哑了，下面只是聚集了稀稀落落闲散人员。

看了跳楼表演的市民觉得这种表演很血腥很没创意，就不当一回事，有的还关严了窗户，任小玉的嘶喊在窗外回荡。小玉突然也觉得没意思，就顺原路下来了。

小玉成了本市近几年跳楼轻生的第八个人，也是最后一个，但是未遂。

房　惑

你错了，我说过，人生不可重复，早买早享受，让老婆孩子还有自己早日住上宽敞明亮的房子，才是硬道理。按你现在的经济实力，还是能买得起的，你买房不是为了炒，是为了住，即使以后房价跌涨，就和你没有关系了。

金融危机的冷和房地产的热充斥着媒体，冰火两重天的景象交相辉映，满眼都是。

周围人群难耐寂寞，纷纷倾囊购房，很是红火。

第五辑　披着羊皮的羊

我虽然狭居小宅，但心如止水，仅作壁上观。

他来了，像一阵风吹皱了一潭静水。

我要买房了。他像是下定了决心，狠狠地吐出一股烟雾，有几缕缠住了我的脸。我的厌恶并没有影响他高涨的情绪。

他喋喋不休地说自己现在的房子如何小，孩子都八九岁了还和大人睡在一张床上，两口的私房事都得小心翼翼，有时不得不搬到沙发上，像是在偷情。

他见我笑了，却突然闸住了嘴唇。一股青烟从鼻孔里缈缈溢出，他的眼睛微微眯着，眼睑似是而非地搭在一起，像是过滤尼古丁，又像是沉思。

他说，现在房价虽然虚高，但降价的空间并不大，早买早享受。

他仿佛深夜在陌生的十字路口徘徊的异乡人突然看见了路标一样，眼神一亮。其实路标就是他自己。

我突然对他产生了一丝怜悯。这丝怜悯让我突然对他重视起来。

那天，我正在客厅兼餐厅里看那部热剧《蜗居》时，他又来了。

他顾不上看我不耐烦的脸，从包里神秘地拿出几张纸，开始了他的讲述。我只好耐着性子听，但眼睛并未离开电视屏幕。我知道，电视剧是不会等人的，演完了这集就得等重播了。

我觉得他有点像诉说，又有点像演讲，你看，这是"星光国际"的，位置和房型都不错，面积也合适，就是只剩下临街的了，你知道临街的房子除了噪音还有汽车尾气污染，现在不是讲究个环保嘛，我给否了。这个是"香格里拉"的，除了价格便宜，就没有什么优点了。还有，这个，这个是"江南小城"，它利用原来的一条沟，灌上水种上树美化了一下，周围建了几栋江浙一带的建筑，啧啧，那环境，真的仿佛是在江南了。他看我有些茫然，就加重语气补充道，我去过周庄，和那里的风景一样，只是价格太高，超出了我们工薪阶层的消费水平……

正好是插播广告，我才扭过头来，正面迎接他"大珠小珠落玉盘"的口水。我能感觉到自己的脸没有任何表情。

宋思明正领着海藻看房子。我非女人，竟产生了海藻的情怀。我们无论如何奋斗，无非为了有个美好的生活。

不管你穷富，还不是活着睡一张床，死了睡一只匣子，挣再多的钱，也是生不带来，死不带去。那纯粹是有钱人调侃咱们穷人的。

这几天有点忙，没见到他，我突然有点惦记他了。我约他坐坐。

金融危机过后，房地产就失去了经济杠杆的作用，一旦完全走向市场，势必会跌落尘埃。你没看本市的无房户有几个，市里的房子大多被郊区的暴发户买了。起初，国家的调控政策还不到位，最终导致有钱有权的住几套房子，没钱没权的连个落脚的地方都没有。这显然不符合和谐社会的规则。

他喝了一口水，干咳了几声，继续自己的房评，房

第五辑　披着羊皮的羊

产商为了自己的利益，不断拉高房价，消费者有个习惯，买涨不买跌，房价攀高，老百姓却买得欢，买和卖形成了相互促进的关系。于是，有些城市今天涨一千，明天涨三千，也就不足为奇了。正值金融危机，国家为了拉动经济扩大内需，也就听之任之。

我递给他一支烟，见他摇头，就自己点上，吐了一个烟圈，深沉地说，你不学经济专业，国家少了一个经济学家。

他鄙夷地笑了，这是常识，是你自己孤陋寡闻了。

我本来是要买房的，听你这一说，我还得再等等了，等国家的调控政策见了效，房价稳定了再买。

你错了，我说过，人生不可重复，早买早享受，让老婆孩子还有自己早日住上宽敞明亮的房子，才是硬道理。按你现在的经济实力，还是能买得起的，你买房不是为了炒，是为了住，即使以后房价跌涨，就和你没有关系了。所以，你的心态首先得放正。况且，本市是内陆城市，去年房价本来就没有涨多少，当然跌也跌不了多少。

他伸过头来，恨恨地说，等孩子独立了，你也行将就木，再买房有屁用。

言罢，他蜷缩了身体，向我扑来，一会儿就不见了。我吓了一跳，方才明白，他原本就是我的影子。

我向同事朋友宣布：我要买房了。

众皆漠然。

人生休止符

老父亲情急之下找到了派出所上班的亲戚，在开证明时把郭师傅的年龄改小了十岁。就这样，郭师傅在二十八岁那年以十八岁的身份正式成为一名国企职工。

我干了半辈子销售工作，尝遍人间冷暖酸甜苦辣，虽没啥长进，但也不至于退休前失了岗位，这点还是自信的。

一天，领导找我谈了话。我发现自己的自信原来是误判。领导说我还适合做退休管理工作。我怎么没发现呢？

我年后调到了人事科，具体负责退休管理工作，主要职责是为符合条件的在职职工办理退休手续，管理退休人员的福利待遇，为去世的退休人员安排后事等。

我们单位是老国企，两万余名职工，厂区分散。报到那天，我和前任都感觉是第一次见面。前任的相貌比他年龄显大得多，还经常气喘无力。我忽然感受到了工作的压力。

前任离岗前做的最后一件工作是给自己办理退休手续。当然，这话是有毛病的，按照回避原则，本人是不能给自己办理退休手续的。实际情况是，在他的指导下，

第五辑 披着羊皮的羊

我查阅了他的档案，填制了退休人员审批表。前任对于一个素不相识的后任者给予了毫无保留的传帮带，如何从职工档案判断工龄和年龄，审批表如何填写，在哪里盖章等，他几乎是手把手教给我，经常为了给我解释一件事，过了下班时间两三个小时还不能回家。我过意不去，多次要请他吃饭以示谢意，他几乎就回一句话，"这是我们人事科的优良传统，你只要继承下去就行了。"我倍感温暖。

当我在每张退休审批表上郑重地签上自己的大名，就预示着一个人的职业生涯要画上句号。我的神圣感油然而生。

半年后，我回顾前路，发现销售工作和退休管理工作竟有诸多相通之处。愈加敬佩领导的眼力。

一是销售是把符合条件的产品销售给客户；退休是把符合条件的职工转移到社会。

二是销售的产品是否合格，客户说了算；职工是否符合退休条件，人社局说了算。

三是不要以为产品出了厂就完事了，单位还有售后服务，直到自己的产品被客户消耗殆尽；不要以为职工办理了退休手续就完事了，单位还得负责退休人员福利待遇，直到去世。

四是看似是单位与单位之间的事，其实都是人和人打交道。

职工由于对退休待遇不满骂上门来，退休人员家属之间因为丧葬费补助分配不均当着我的面打成一片，与我跑销售时受到的委屈和遇见的复杂局面相比，真的不

披着狼皮的羊

算啥。

转眼下半年批退又开始了。我在整理符合退休条件人员档案材料时,其中一个女工的资料有点拿不准,就给前任打电话请教。以下节录了部分原话:

"从资料上看,郭晓原来是在中原机械厂干了三年临时工,后又调入我们单位干了两年临时工才转正。这五年能算连续工龄,视同缴费年限吗?"

"干临时工与转正如都是在一个单位,临时工的经历可以计算连续工龄,中间有任何间断都不符合要求,所以她在机械厂那三年不能计算连续工龄。"

"哦,谢谢您!说个闲话哈,这郭晓的父亲和您名字一样,真是巧合。"

他的话让我愣了:"郭晓是我女儿!"

"您,您今年六十岁,她今年五十岁,你俩相差十岁,怎么可能?"

"咳!说来话长……"原来,郭师傅的父亲也是我们单位老职工,二十世纪七十年代病退。当时有政策允许一个孩子接班,但年龄不能超过十八周岁。那时郭师傅的两个姐姐已出嫁,他成了父亲唯一希望。但郭师傅那年已经二十八岁了。

老父亲情急之下找到了派出所上班的亲戚,在开证明时把郭师傅的年龄改小了十岁。就这样,郭师傅在二十八岁那年以十八岁的身份正式成为一名国企职工。

"我档案招工表上填的就是当时开证明时改小的年龄。市人社局是根据个人人事档案中第一张招工表上

第五辑　披着羊皮的羊

填写的年龄判断是否符合退休条件的。我今年实际已经七十岁了。"我年初因首次接触该项工作，没有注意到这样的细节。

我一年中同时为父女俩办理退休手续，不胜感慨。

我怀着好奇心又仔细查看了郭师傅的档案，从他的第一张招工表填写的出生年月计算，郭师傅今年确实是六十岁，但其他资料填写的都是他的真实年龄。

我的小人思维飘了出来：依他在职时的便利条件，患有多种疾病的他十年前退休安享晚年，应该是没问题的。

但他没有。

会计小营

本来小营打架和我没关系，我没必要管这闲事，一看对方是我的一个酒友，我说："小营，怎么回事？"小营立马停下来，那张脸马上由仙人掌变成了鲜花。我说："这是我朋友，给个面子。"小营痛快地道歉了事。

不知情的都以为会计小营是我们同事，其实不是。

会计小营的工作是会计，会计小营大多数时间是在我们的财务部晃悠，可他不是我们的同事。尽管大家也

披着狼皮的羊

会不经意间把他当成我们的同事。

会计小营是一个施工单位的会计,这个施工单位长驻我方。会计小营主要负责单位之间的往来账。有相当一部分时间是待在我们财务部对账、办理业务。

我始终没搞明白会计小营是姓营(也不知道百家姓里有没有这个姓?)还是叫什么营,反正大家都叫他小营。

会计小营和我们财务部的那帮小姑娘打得火热。是那种纯洁的,带有同志间纯真感情的火热,不带有一丝暧昧。会计小营办理汇票,会计、出纳都会招呼"进来吧,在外面站着多累呀!"小营讪笑着说:"财务有规定,外人不得进入。""你可以例外。"我也会假装没看见。他倒是挺自觉,每次都会被招呼,但不招呼,他就不会进去。会计小营也会经常带点小食品之类的来腐蚀那些姑娘们。

会计小营找到我说:"马经理,半年过去了,把咱们的往来账核对一下吧。"我说:"你看大家忙得不可开交,哪有时间和你对账啊?回头再说吧。"第二天我发现他正坐在财务部和我们管往来账的会计对账。我把那会计叫了出来:"你如果闲着没事,可以帮帮别人,干工作怎么没有轻重啊?"会计小营看事不妙,拿起账本,朝我友好地笑了笑,迅速地溜走了。

晚上,施工单位的王总把我叫出去,很晚才回来。第二天我安排往来会计和小营对了账。

小营在公司大门口和人发生了冲突,别看他个头不大,但却臭硬难缠,谁都拉不开。王总去了也无济于事。

第五辑　披着羊皮的羊

我正好路过。本来小营打架和我没关系，我没必要管这闲事，一看对方是我的一个酒友，我说："小营，怎么回事？"小营立马停下来，那张脸马上由仙人掌变成了鲜花。我说："这是我朋友，给个面子。"小营痛快地道歉了事。

小营去银行取对账单，出了车祸。据说昏迷了一周才醒来。但醒来就不对劲了，有人说是被撞傻了。

一次，我又看见小营在出纳那里办业务。遇见王总，我问："小营不是精神有点问题吗？怎么还让他当会计啊？"他苦笑着说："没办法，谁要说不让他干会计，他就跟人拼命。他家庭情况不好，老婆是个药篓子，他又摊上这个灾。我们也不能眼睁睁地看着……"

小营找到我说："马经理，那笔一百万的工程款按照合同三个月之前就该还了，现在清一下吧。"我诧异地抬了抬头说："你是谁呀？你们老总还不敢这样跟我说话，出去，出去！"会计小营的声音抬高了两个，也许是三个八度："你们欠钱不还就不行，合同有规定，逾期还得支付利息呢，今天不把钱结了，我就不走。"脸上肉色的疤口扭成了S形。我说的是实话，他们王总见了我都得低眉牵眼的，况且这笔款王总已经要了N次了，我都没有吐口，资金近段倒是有点紧张，但我掌握着资金流的分寸呢。现在一个小会计竟然在我面前威风起来，我差点蹦起来叫保安。

我给王总打电话，把憋的火给他放了一通。王总

披着狼皮的羊

一再赔不是。老总的面子也没有罩住小营的情绪，会计小营一直重复着那句话："今天不给钱就不走。"为了给自己一个台阶，我给他们老总提了个条件，给钱可以，但不能让小营经办。王总领走小营，随后办了款。

令人头大的小营成了财务部的苍蝇，连原本和他关系处得不错的那些会计出纳小伙姑娘们都唯恐避之不及。

提起小营，他们的王总都是一脸苦相。

为了避免冲突，我只好将资金优先安排给小营所在的施工队。我不会弱智到和一个精神病人斗狠。

年底一天，施工队要邀请财务部的全体人员出去吃饭。我以有事婉拒了。王总磨叽了半天，我考虑到属下会计们的情绪，才不情愿地带领大家去了。

那天，我们的会计人员发挥得很好，特别是几个姑娘表现特别出色，轮番上阵，不大一会，就把王总给灌高了。

觥筹交错中，王总和小营趁着酒兴一会儿嘀嘀咕咕，一会挤眉弄眼。酒后的小营一点都看不出精神上的问题。

我总感觉有点不对劲。

姚先生

姚先生给日本人当翻译，借机帮助了乡人，包括自己的侄子。新中国成立后，姚先生全家却被乡人所杀，

第五辑　披着羊皮的羊

因为姚先生是汉奸。

　　姚先生不是千口村土著，是早年来自豫西的上门女婿。

　　当地人称医生为"先生"。所以姚先生不是教书的，是看病的。

　　1938年，日本人来了。千口村人口较多，且居于豫鲁冀三省交界处，地理位置尤显重要。日本人把司令部建在了千口村委会，并在村东头和村西头各修了一座炮楼。

　　在村里开诊所的姚先生被征走，给修炮楼的民夫做饭。可是没多长时间，日本人发现这个面目清秀的姚先生竟然会用简单的日语和他们交谈。这对初来本地的日本人来说是至关重要的。于是，姚先生就成了日本人的翻译。

　　村民们看姚先生的目光也就不同了。普通村民见了鬼子如同兔子见狗，而姚先生却可以在日军司令部自由出入。姚先生在千口村做上门女婿，本来是被人看不起的，就连老丈人留下的三亩地都被本家侄子逐渐拱缩了一半。好在自己会点医术，后来干脆弃田从医，日子才好过了点。虽然经常有人吃药不掏钱，姚先生只能忍气吞声，不作计较。现在，姚先生成了千口村的红人。他说他给日本人当耳朵，给村民当嘴巴，如果缺了我姚先生，日本人就是聋子，村民就是哑巴。事情确实如此。姚先生就成了连接日本人和村民的唯一通道，双方也都听命于姚先生。

披着狼皮的羊

附近虽然驻扎着中国军队，但实力较小，无力与日军抗衡。虽有个别的骚扰，但日军在千口村驻扎了几年终究没有发生大的战事。日军常常到邻村抢粮征夫杀人，与千口村人却很少发生冲突。村民在地里播种薅草，日本人只站在田边端枪观望。时局紧张时，也只要姚先生一句话或者写张纸条，村民就可以进出村庄。千口村的女人不需要像别的女人换男装，脸擦锅灰。当初抢姚先生田地的本家侄子在给日军放军马时，一匹马误食有毒植物中毒而死，按照日军当时的规定，要处死放马人。姚先生出面，日军二话没说放了本家侄子。本家侄子跪在姚先生的面前，痛哭流涕地说，姑父，您就是我的再生爹娘。本家侄子虽然被鬼子打瘸了一条腿，却拣了一条命。姚先生的面子大了去了。

姚先生有了这样的地位，但说话依然轻声轻语、和蔼亲切，面带微笑。姚先生有个习惯，见了小孩喜欢摸摸小孩子的头，说这孩子长大一定有出息。原来抱小孩的一碰见姚先生，就躲得远远的，怕沾了晦气。现在也不躲了，有的还主动上前说，来，让爷爷摸摸。姚先生依然笑眯眯地上前摸摸小孩子的头，说这孩子长大一定出息。收秋季节，有的村民就将自家产的红薯、玉米、水果等送给姚先生，姚先生也不推辞，全部照收。姚先生的一个傻儿子也在日本人来的第四年娶了邻村如花似玉的姑娘做媳妇。姚先生春风得意，整日身穿绸袍，手持文明棍，往来于日军与村民之间，颇为风光。

一天晚上，有人闯入村东头的炮楼，杀死了两个日

第五辑　披着羊皮的羊

本兵，夺走了三杆枪。日本人怀疑是千口村人干的，抓走了全村所有的青壮年，达五百余人，限三天内交出凶手或者主动承认，否则，就把他们全部活埋。小鬼子说得出干得出，全村笼罩在一片恐怖之中。两天过去了，没有任何信息，日本人发出了最后的通牒。姚先生散尽家财购置了二十杆枪送给日本人，说只要放人。当时日本人已经是穷途末路，战事已紧，就顺水做个人情。此事也就不了了之。

1945年，日军投降。千口村的日军撤走一周后，有人发现姚先生全家被杀。有目击者看见有七八个人半夜翻进姚先生的院子，并没有听见惨叫声。细心的还说看见其中一个人是瘸子。这就是当时全部的线索。

新中国成立后，姚先生的本家侄子成了战斗英雄。他说那晚端日军炮楼的事他参与了。有人说，他腿脚不利索，最多也就是放放风。还有人说曾见他钻进姚先生儿媳妇的房间，云云。那时，除了姚先生的本家侄子，其余参与端鬼子炮楼的人都已相继去世了。

关于姚先生，县志上只有短短几个字的记载，汉奸：姚定一（姚先生的名字），抗日战争期间充当日军翻译，1945年被杀。

第六辑　诱惑

　　导读：让孩子升入一所理想的高中，是每个家长的愿望，李三也不例外。李三在本市一家重点高中读书的女儿参加完中招，由于受班主任的影响，毅然报了本校高中部，结果名落孙山，也失去了上商城六中的机会。后求人未果，又被骗。绝望之时，遇一乡下亲戚。乡下亲戚说，俺闺女在本市一个学校给校长当保姆呢，您妮儿要想去上的话，我给你问问。结果一个电话打过去，李三的女儿就顺利进入了一家令他们哭笑不得的重点高中。

披着羊皮的狼

　　一只披着羊皮的狼潜伏在羊群中伺机捕猎，羊群的安逸让他褪去了狼性。一天，当他被赶进一堵高墙内时，一切都晚了。原来，这一切都与头羊有关……

第六辑　诱惑

狼躺在柔软的草地上，看着周围贪婪地不停咀嚼的羊群，莫名地生出一阵愤怒，他很想狂吼一声，我是狼，别拿猛兽不当干粮。可是他张张嘴，并没有也不能发出声息。他知道，没有谁会相信，如果谁真相信了，自己也就待不下去了。

因为他是一只披着羊皮的狼。

和煦的阳光懒洋洋地照在身上，狼打了一个哈欠，就有些迷离了。有人来了，头狼发出警告，群狼四散奔逃。一头猎豹闯进了他们的领地，他的姐姐被叼走了。母亲带着他们兄妹几个冒着酷暑四处觅食，他们已经四天没有进一滴水了。一双儿女突然发出凄厉的叫声，后面猛地冲来几头豺狗……

狼一下惊醒了。他环顾四周，平静如初，只有羊群咀嚼草叶发出的哗哗的声音。

趁头羊不注意，狼偷偷跑出了羊群。

跨过几个山坡，就嗅到了熟悉的气息。他没有马上冲过去，他想给儿女们一个惊喜。儿女们也同时看见了他。二狼对视了一下，飞奔了过来。他也飞迎了过去。两只半大狼一前一后扑到他身上。他突然感觉到一阵窒息，先是喉咙被掐住，然后是尾巴被衔住，尖利的牙齿深深地嵌入了他的身体。他顿时明白，自己还披着羊皮，儿女们把自己当成羊了。他迅速扭转身子，飞快地把他们甩了出去，儿女们的本事是自己传授的，当然知道化解的方法。趁喘气之时，他想用前爪撕下身上的羊皮，显示出本来面目，却没有扯动，反而感觉到一阵疼痛。这时，儿女们又扑了上来，他仰天长啸要警告他们，却

披着狼皮的羊

发出了"咩……"的羊叫声。这时，附近的狼群已经听到动静，并发出了进攻的信号。他了解同类的脾气，他知道继续待下去的后果。狂奔而去。

当他怀着身体上和精神上的双重创伤不自然地朝原路奔回时，才知道什么是悲哀。睁开双眼，又是头羊慈祥的眼光，身边的苜蓿是头羊给他补充营养的。狼突然想哭，这是怎么了？他迁怒于这张羊皮，都是它惹的祸，使得儿女六亲不认，使得自己接受弱者的怜悯。他再次使劲扯这张羊皮，撕心裂肺的疼痛更加剧烈。他明白，这张羊皮已经长在了身上。他舔干伤口上的鲜血，有一股久违的血腥味。

当初，他深夜钻进羊群，吃掉一只跟自己身材差不多的羊，穿上了这张羊皮。为防止被发现，他跟着羊群早出晚归，伺机捕食。头羊警惕性很高，每天总是吃个半饱，然后围着羊群不停地走动。他始终感觉那一双眼在盯着他，他失去了一次又一次的机会。这只头羊身材虽然干巴，但透着一股霸气。起初，他以为是头羊发现了他，后来就打消了这个顾虑，这是头羊养成的习惯。头羊之所以是头羊，自有他的过羊之处。

为防止露出马脚，他佯装跟着其他的羊吃草。开始，草一嚼到嘴里，那股草气就冲得他只想吐。嚼得多了，嘴里的血腥味就逐渐淡化，也就适应了，尽管有点挑食。吃草能暂时果腹，更多的时间是晒晒太阳，享受着戈壁滩带来的原来没有过的这份惬意。想起同类们饥一顿饱一顿，整天为食物奔波流离，他甚至产生过幸福感。

第六辑　诱惑

一天，当羊群被赶到一个院子里时，狼发现自己犯了个致命的错误。那是一个屠宰场，四周两丈多高的院墙使逃跑的可能性成为零。

他也惊奇地发现只有那只头羊站在院墙外，成为自由羊。

头羊看着他，露出怪异的笑。他忍不住走过去。

你这只披着羊皮的狼。头羊脸上挂着的笑终于舒展开来。

你，早就发现了？

你吃掉的是我的儿子。他的眼神和身上的气味我不能再熟悉了，不是你能替代的。我发誓，我要报仇。

那你为什么还把我留在羊群中，甚至还救我？

让你痛痛快快地走，太便宜你了。我要让你亲身感受到被刀刺破喉咙的痛苦，让你的儿女感受一下失去亲人的悲伤。

你才是披着羊皮的狼。

嗤！狼和羊生来就没有凶残和温顺之分，是环境改变了我们。之所以有今天，是你贪图享受，是你不思进取，是你优柔寡断。说着，头羊得意地迈了几下八字步。你看我，吃草吃半饱，饭后不停跑，根本不会发胖。牧羊人都会算账，一只瘦骨嶙峋的羊被宰杀是没有多少价值的，他要培养一只头羊要花费很大代价，我只有活下去。现在知道了吧？活着比什么都重要。

狼悲号了一声。连他自己都不敢相信，他发出的是"呜……"的狼叫声。

诱 惑

一只有着纯正的高加索犬血统犬，有着与众不同的智力，但在诱惑面前还是得掂量再三。犹豫间美食被其他犬抢走，他失去了享用美味的机会，却通过了一次测试，成为一只名犬。

死寂。

一物掠过头顶，划破了凝固的空气。分明是一只发情的母苍蝇在捕捉浪漫。又一只苍蝇飞来，干柴烈火爆燃。

骚动的空气瞬间扩散，穿越毛孔，浸淫到我的骨髓。

我冷静定心，眼睛和鼻子都在探索着对方，距离不远也不近。

我有些犹豫，虽然这个犹豫来得莫名其妙。

我把鼻子使劲地抽了抽。

唾液泉涌上来，我能感觉到唾液对舌头的冲击力。

算你狠。

我假装散热，张开了嘴，任由唾液顺着嘴角瀑布样垂下。天，并不热。

我是一只犬，对方是一块骨头。

我已经饿了两天了。这是两天来第一次面对食物，一种对我们来说是绝顶美味的食物。

我不想放过这个绝佳的机会。

第六辑　诱惑

我的脚步迈出了一寸，又退了回来。

我不是一只普通的犬，我有着纯正的高加索犬血统，我的智力相当于一个七八岁的小孩。

不吃这根骨头，肯定会被饿死。吃了，可能会被毒死。

吃了这根骨头，肯定会被毒死。不吃，可能会被饿死。

不吃这根骨头，可能会被饿死。吃了，可能会被毒死。

吃了这根骨头，肯定会被毒死。不吃，肯定会被饿死。

……

一群苍蝇开始在头上盘旋。我使劲地甩了一下脑袋，头上只有晴朗的天。

我必须在瞬间做出选择。

意外会在瞬间发生。

"贝克"七窍流血的惨相闪烁着，"黑豹"半途而废的失望交织着。

但一条良犬被饿死，确实是一个笑话。审时度势，才不会功亏一篑。

死寂。

又一物在头顶盘旋。是那只公苍蝇，大概是刚才尝到了甜头。他跳起了街舞，周围的几只母苍蝇已经蠢蠢欲动了。

是苍蝇的男性荷尔蒙刺激了我。

我决定了。

我视死如归，我赴汤蹈火，我要最后一搏。

一个黑影掠过。

眼前的骨头不见了，香味也随着黑影飘走。

我怒不可遏，我剑拔弩张，我……

披着狼皮的羊

项上的链子被人拉了回去。主人拍拍我的背。

我现在是一只出色的军犬,我有机会成为了一只出色的军犬。

我频频露脸,我风光无限。

因为,在那一刻,我通过了测试。

没有通过那一刻测试的,现在成了家犬。我知道,他们有的比我还优秀,但仅仅是因为瞬间的选择。

医 术

二三十号人围在厉大夫旁边,瞧医生怎样看病。那厉大夫虽然一脸是汗,却是不煴不火,脸上一直挂着微笑,望、闻、问、切,按照签名顺序一个一个来,站在身边的几十号人并没有人抢号插队。

人吃五谷杂粮,没有不生病的。

在医院,程式化的情景一再重现,你说完自己的病情,医生根本不给你把脉听诊,就把住院单甩了过来,住院吧。

有意见归有意见,有病了照样得去看医生,照样得拿着医生甩过来的住院单去办理住院手续,总之,人不能和自己的身体过不去。好在现在的护士服务态度好了,笑脸多了,倒使我们心里平衡了许多,只当是花钱享受了一次服务。

第六辑　诱惑

半年一度的感冒又来袭击我了，流鼻涕、头晕、打喷嚏，还发烧，开始以为又是鼻炎发作，就没在意，可持续了两三天的高烧，让我失去了自信，找了点感冒通之类的药吃了两天，竟然没一点效果，大概是药效不行或不对症，抑或是人对药的免疫能力增强了。

到底是三四十岁的人了，不能硬扛，到市人民医院输了两天水，开了一堆口服药，花了一百八十多块钱倒不心痛，病却不见好。

坐在办公室，喷嚏一个接一个，对面的同事突然说，你怎么不找市院的厉石通？

我刚在市院看了，不见效。

你没找对人，你找厉石通大夫，没错。

死马当活马医吧，总比忍受头痛脑热强。

挂了号，在二楼厉石通大夫的门前已经站了几十号人，从装束看，有本市的，也有周围农村来的，看来这个厉石通大夫确实名不虚传。经别人提醒，要在一个本子上签上自己的名字，医生会根据签名的顺序叫患者的名字，不需要大家一直站着等。我一看排名，自己已经排到了二百三十多号了。

正是夏天，本市的还能坐在门口的排椅上排队，周围来的农民们就没有那么多讲究，二三十号人围在厉大夫旁边，瞧医生怎样看病。那厉大夫虽然一脸是汗，却是不愠不火，脸上一直挂着微笑，望、闻、问、切，按照签名顺序一个一个来，站在身边的几十号人并没有人抢号插队。

排在我前面的几十号人很快就去取药走人，我开始

披着狼皮的羊

怀疑这个厉大夫的水平了,要知道,萝卜快了不洗泥。他问了问我的感觉,看了看我的喉咙,号了一下脉,问治疗过没有?我说就是在这个医院治的,并把输液吃药的情况告诉了他。

他笑了笑,你这是上火引起的炎症,根本不需要输液,我给你开点药,先吃两天再说。刷刷刷,一张药方搞定。

拿着药方到划价处一算,才三块多钱。

我将信将疑,遵照医嘱吃了一天,各种不适症状竟消失了大半,吃到了第二天,竟然痊愈。

此后,家里孩子老婆不适有恙之时,我首先想到的就是到市人民医院找厉石通大夫。同事求医,我也是怀着对病人的同情和对厉大夫的敬仰向他们推荐厉大夫。

自己看病,陪家人看病,介绍同事看病,一来二往,我就认识并注意了市人民医院的厉石通大夫。

通过市媒体,我知道,厉石通大夫被评为市级劳模。

后来,厉石通大夫提为市医院的主任医师,成了专家。

再后来,厉石通大夫升了副院长。

当了领导,自然要应付一些杂七杂八的事,一次去看病,发现他坐诊的时间已经由原来的满工作日改为每周一、三、五了。

与同事谈起厉大夫,不免有些惋惜,这是怎么了?人一有本事,就升职,一升职就丢专业。看吧,过不了多长时间,人家厉副院长就不坐诊了,我们还是得感冒住院,头痛输液。

第六辑　诱惑

同事请客，很荣幸地与厉石通大夫坐在了一起，人挺随和，一点没有院长的架子，聊了几句，俨然兄弟。

自然不免崇敬赞誉之意，厉大夫倒是很不好意思。

当初咱不识时务，病人来找咱是看得起咱，就老老实实什么药见效快用什么药，什么药便宜开什么药，老百姓挣钱多不容易啊。

我不免有些感动，这样的大夫哪里还有啊？人家医生是靠开出的高价药提成的啊，你的损失大了。

我平均一天看二百多个病人，光挂号费每天就有二百多块，你算过吗？

一细算，吓了一跳，尤其是在我们这个中等生活水平的小城市里。

疑难杂症咱看不了，我看的大多都是头痛脑热的常见病，看得多了水平就会增长，人气自然就旺了。

如果医生们都这样做，大家就都好过了。

哈哈，医生们都这样做，病人被分走了，我还吃什么？

"阿嚏"，我的感冒又来了，看来我又得找厉大夫，不，现在是找厉副院长看病了。

跑　学

让孩子进入一所理想高中，是多数家长的心愿。当家长为此费尽心机，耗费了大量人力物力时，孩子却回

披着狼皮的羊

到了原本就能顺利考上的学校。家长、孩子和学校之间，陷入了一个怪圈，不折腾好像就会留遗憾。

女儿的理想一提出，李三就感觉不对劲。

女儿被老师洗脑了。女儿的班主任要求全班同学都报考本校高中部。

省实验中学是省重点，分初中部和高中部。现在该校初中部学习的女儿，即将面临中考。

考不上重点中学，意味着进入重点大学的机会就小了。进不了重点大学，意味着找到理想工作的机会就少了。找不到理想工作，意味着以后生存的空间就狭隘了。孩子选学成了大事，无奈却又现实。就像踢世界杯，高考是决赛，中考就是半决赛。

如果半决赛都出不了线，哪还谈得上决赛。

李三给女儿做工作，按照平时的成绩，你考个二类重点肯定没问题，比如市第六高中，那里教学环境、升学率在商州区也还算不错的，如果你达不到省实验中学分数线，就会失去上二类重点的机会，普通高中的教学水平和学习环境，确实不尽如人意。

女儿很不服气，你怎么知道我考不上，老师说了，要对自己有信心，考试有很多变数，如果我连这点勇气都没有，以后走入社会就会变成懦夫。

为了本校利益，增加高中部收取优等生的概率，老师不惜以毁灭学生前途为代价来灌输报考本校的思想。李三真想找他们班主任PK一把，但，那只能停留在理论上。

第六辑　诱惑

考试结束了，一估分，成绩离省实验中学差了20分，女儿开始着急了。

家长更着急，气得直埋怨女儿，你看，如果你第一志愿报考六高，轻松就考上了，现在倒好，只有上普通高中了。李三像做了一个梦，后悔不迭。

李三想起了在市教育局当副局长的同学赵四。赵四说，没问题，你的事就是我的事，保证孩子留在省实验中学。

市教育局副局长这个招牌确实令人踏实。不过，李三知道，托人办事需要敲门砖，虽然是同学，同学不是还要找校长吗，不得吃个饭啥的。李三就给赵四拿了一万块钱。赵四推辞不受，说你别给我庸俗，需要花钱时我会给你说的。李三就买了五千元的购物券，硬塞给了赵四。李三才稍稍踏实下来。

中招成绩下来了，女儿考试分数和原先的估分基本差不多。

时间一天天过去了，对方没有音信，李三就有点着急，一个电话打过去，赵四副局长把胸脯拍得"砰砰"的，老同学，我想着这事呢，没问题。李三急归急，但也知道赵四的办事能力，有其他同学为证。

有学校已经开始新生入校了，女儿的事还是没着落。李三又坐不住了。老同学说，今年上面对扩招的名额限制很严，你女儿的成绩离扩招的分数线还差5分，关键是，实验中学的校长根本就联系不上……

李三这才意识到问题的严重性。有同事给他透露了一个信息，他战友的孩子去年也是这种情况，他们找了

披着狼皮的羊

一家公司，据说专门负责解决入学问题，商州区的学校想上哪个随便你挑，收费标准是一类重点两万块钱，二类重点一千五。

事已至此，别说两万，五万都行。钱可以再挣，机会可是唯一的。为了孩子，李三是不惜代价的，趁自己还负担得起。

交了钱，李三带着全家去本市最好的饭店撮了一顿提前庆贺成功。

过了两天，李三给那家公司打电话想咨询一下有关问题，这一打不要紧，李三出了一身冷汗。对方手机已经停机。找到这家公司，已经人去楼空。可恶的大骗子，不得好死。骂也没用，谁叫自己有病乱投医呢。

这事还真成了李三的心病，只要遇见人就叨叨。有个乡下的亲戚试着说，俺闺女在本市一个学校给校长当保姆呢，您妮儿要想去上的话，我给你问问。

李三当然不会相信一个乡下老农能解决啥问题，但也得应承啊，只要能让我女儿进入重点高中，我给你上骡马大供。

乡下亲戚一个电话打过去，李三女儿的事就解决了。拿到通知书的那天，李三再三向那亲戚表示感谢。亲戚说，咱们是亲戚，应该的，这事不用费啥劲，打个电话就解决了，俺前面已经办过俩了。

开学那天，李三专门借了同事一辆车，风光地带着老婆一起送女儿上学。

学校大门口，彩旗飘飘，人声鼎沸，"商州区第六高级中学"的大招牌熠熠生辉，煞是夺目。

第六辑　诱惑

砍　树

　　二楞在中央电视台的《致富经》得到了启发，感觉再随大溜，就会越来越赶不上形势了，决定自己发展野鸡养殖技术，并选中了自家的香椿地建鸡舍。二楞二话没说，拿起斧子把自家地里的香椿树给砍了个精光。

　　千口乡地处平原，放眼能望十几里的视野里，除了房前屋后、路边地头能见到树的影子，其他地方除了四季变换的庄稼，是很难见到树的。连爱在树上安家的喜鹊都把窝做到了屋檐下，和麻雀抢起了地盘。

　　可转眼间，千口乡成了全省人均绿化面积最多的乡镇。

　　这年，乡里大力推行万亩苹果园，规定所有道路两旁一公里内的田地里必须全部种上苹果树。老百姓虽然心里犯嘀咕，但到底没招，也就顺着乡里的政策，在村上把刚刚返青的小麦给犁了，栽上乡里统一提供的苹果苗。

　　春夏之交，满地遍野的苹果苗青翠挺拔，煞是壮观。省媒体都报道了："千口乡走出单耕新模式，既搞了绿化又致了富"并配了彩色照片，很是风光。

　　三年后果树开始挂果，农民却傻眼了。果树上的苹果稀稀拉拉，一棵树还挂不了一公斤果。挂果少可能是

披着狼皮的羊

第一年结果的原因，情有可原，最关键的是苹果味道酸涩，别说卖，连猪都不吃。

千口村的二楞可不是省油的灯，带头到县里反映问题，县主管农业的副县长说了，果树最主要的是后期管理，听说你们为了省钱，舍不得买修剪工具，舍不得追肥，你们以为天上会掉馅饼啊！二楞带着几个村民讪讪而归。有人认得，那个主管农业的副县长正是原千口乡推广万亩苹果园的乡党委书记。

一个月后，苹果树全部砍伐殆尽。不是农民自己砍的，是乡里要求的。乡里宣传说，现在全国种苹果的太多了，如果不是稀有品种，根本就成不了气候。经过乡领导班子实地考察，并经省里的专家进行土质化验，认为我乡的土质适宜于杨树生长，现在我国原木资源稀缺，价格一直攀升，再加上杨树生长期短，木制好，无论是从短期还是从长远发展来看，种植杨树是一条较好的致富之路。

第二年春天，齐刷刷的杨树苗缀满了千口乡的大小道路。

三年后，二楞和他的乡亲们望着地里还不到茶杯粗的杨树苗，有点焦急，就又反映到县里。这次接待他们是原千口乡推广杨树种植的乡党委书记，现在是主管农业的副县长。副县长意味深长地说，你们要把眼光放远一点，七八年后，一棵杨树就能卖到七八百元，中间不需要任何投资，也没有风险，到时只等着收钱就是了，如果种庄稼，你算算成本。

还用算吗？那几年种庄稼不算人工费，也是刚刚收

第六辑　诱惑

支平衡。

年终工作会上，乡里又开始给各村的支书做思想工作：经乡领导班子研究，决定把原来的杨树砍掉，明春种上香椿树，香椿的营养价值高，见效快，在城市销路很好。香椿不生虫，不用打药，是典型的绿色食品，很受市场欢迎。并要求各个村干部站在政治的角度来看待这件利国利民的好事。

为防止老百姓有意见，这次是乡财政出钱给农民购置香椿树苗。

香椿苗刚种上的第二年春天就见到了效益。树苗不用掏钱，马上就有收入，老百姓当然高兴，把本来想到省里上访的以二楞为首的几个不安分的人弄得没话说了。当年秋季，千口乡推广香椿种植的乡党委书记成了主管农业的副县长。

二楞经过这几年树木的种了砍，砍了再种，心里多少有些不踏实，琢磨着香椿树现在产量还低，能零星的卖出，以后产量高了，还有销路吗？乡里也不给个说法，说不定过两年还会有新领导上任再砍树种树的怎样折腾呢。二楞在中央电视台的《致富经》得到了启发，感觉再随大溜，就会越来越赶不上形势了，决定自己发展野鸡养殖技术，并选中了自家的香椿地建鸡舍。二楞二话没说，拿起斧子把自家地里的香椿树给砍了个精光。

二楞涉嫌滥伐林木罪被警察带走，二楞怎么也不明白：为啥历届乡领导砍了全乡的几十万棵树都升了官？而自己砍了自家的二十多棵树，却犯了法？

披着狼皮的羊

披着狼皮的狼

我惊讶的表情肯定吓坏了狼,他尽量将口气放缓,那只狼披上新狼皮后,突如其来的关注让他背上了沉重的包袱,但事实不允许他反悔。他无法卸下身上和心理的包袱,以至于长期郁郁寡欢,心病缠身,卧床不起。

狼的眼神,忧郁,失望。

此景,令我很容易想起卖火柴的小女孩。我的眼神也开始忧郁,失望。

我还是答应尝试一下。狼的眼神开始舒缓。如同卖火柴的小女孩划亮了一根火柴,一丝亮光毕竟就是一丝希望,尽管代替不了温暖。

事实证明,我的尝试是成功的。

再后来,站在我眼前的是一只全新的狼。

伤痕累累,残疤遍布,稀毛横亘的狼皮,是我对狼的第一印象。尽管惨不忍睹,但令人叹服。那是大自然颁给他最耀眼的勋章。就凭这张皮,狼足可以接受其他任何狼的仰慕,甚至接受人类的尊重。

狼执意要改变自己。狼有自己的活法。

我当然要尊重狼对自己的选择。

我成功地为狼披上了一张新狼皮。披绸挂缎,流光溢彩,玉树临风,这是对新狼最贴切的比喻。狼也接受了这个比喻。

第六辑 诱惑

这个尝试把我自己推向了人生的顶峰，使我始料未及。

我为狼带来福音的同时，也为医院带来了效益。不但全市的狼们，就是其他的动物都来找我披上一张崭新的皮。美好的生活之路在医患之间走向了完美。

狼成了明星。这是必须的。

活生生的实例更能展现医生精湛的医术，精湛的医术促成了这个活生生的实例。医院利用这二者的辩证关系作起了长篇章回小说，主角自然是狼和我。

马不停蹄的巡回展示中，狼和我都出尽了风头。

我累了，我要休息。医院也要保留我这个生力军。接下来的巡回宣传中，我的助手精湛的演讲博得了阵阵掌声，我终于可以喘口气了。

我要向更高的医术迈进。

我在 M 市参加了一个医术研讨会。正值我们的"披狼皮新技术"展示团在当地巡回。

已经是我离开展示团两个月后的事了。

那只高傲的狼头在我用手压了几次，才稍稍低了下来。也许是室内温暖空气的滋润，狼的眼神也开始温顺起来。

狼说，这不怪我，我也是受害者。

我并没有责怪他的意思。我如若不是及时退出，估计更甚。我甚至同情可怜狼，不错，他也是受害者。

现实点吧，我又按了一下狼头，他时刻准备上抬的头让我很不习惯，在这场游戏里，你我看似主角，实则是医院。我们都是医院的三流配角。可我们还沾沾自喜，

披着狼皮的羊

以为自己很了不起。所以，我说我们都是受害者。

狼的表情很复杂，半天没有吭声。

突然，狼的表情变得突然怪异起来，你真的不知道吗？

莫名其妙的一句话。我愣了，知道什么？该知道的我都知道，不该知道我也不需要知道。

这个你必须知道，狼的口气很肯定。他自觉地压低了自己的狼头，我不是那只披上新狼皮的狼，那只狼早就奄奄一息，行将就木了。

我惊讶的表情肯定吓坏了狼，他尽量将口气放缓，那只狼披上新狼皮后，突如其来的关注让他背上了沉重的包袱，但事实不允许他反悔。他无法卸下身上和心理的包袱，以至于长期郁郁寡欢，心病缠身，卧床不起。我只是他的一个替代品。而我现在风头正劲，早晚也得跌落尘埃，谁为我收拾残局啊？所以我说自己是受害者。

这时，卖火柴的小女孩划亮了手里的最后一根火柴，绝望开始在替身狼的脸上闪现。

我无法接受这个事实。

我以头痛病严重为由向院长递交了辞呈。院长并没有挽留我，只是要求我临走前将业务跟接替的人有个交接。那人正是我的助手，曾经替我巡回演讲。

我应聘到了一家不知名的小医院，当我第一天上班时，突然发现自己什么都干不了。我又失业了。

第六辑 诱惑

咱家还有多少钱

遇见路人跌倒，首先看自家还有多少钱，看是否有能力去扶，以防万一被讹。这是个量力而行尴尬的好人。一个电话的时间，一名救人者变成了讹人者。

胖妞，哎，胖妞，你怎么才接电话？急事，赶紧的，你查查咱家还有多少钱？我说的是现金和银行存款，不包括能变现的物件。

咱家的存折不都是你放着吗？快点，十万火急。不要十分准确，大概就行。先别问为啥，看了再说，就现在，别挂电话……

八千块钱？是这样的，我遇见一个老头，他摔倒了。不，不是我撞的，我有这么冒失吗？关键是我这体格，八十岁的老人走路带的风也会把我吹飞。我来到这儿时，他已经倒在地上了。

路人倒是不少，可没人扶啊！

不是那回事，都被现实吓怕了。三九天的，他老是躺在地上，即使没有受伤，也能冻出个好歹来。

不是，肯定不是熟人，更不是咱家的人。

啥意思啊？我这人，不，是你这人心善，你要是知道我见死不救，老头出了事，你以后不得埋怨死我。我是这样想的，如果我去扶了，我得做最坏的打算，万一人家把我讹了，我得看咱家的钱够赔人家不？要没这个

披着狼皮的羊

能力，咱就别逞能。

嗯，嗯，看样子不是很严重。

他开始活动胳膊腿了，不像是骨折，也不像是心脏病或脑梗。

没有，嘴里没发出痛苦的呻吟，应该不是很严重。估计是年龄大了，腿脚不灵摔倒的，一时没有站起来。

好，还是老婆好，嗯，亲一个。我知道，别啰唆了。

哦，一个路人把他扶起来了。那就好了。我说嘛，还是好人多。没事了，没事了。哎哟……

哎哟——哎——哟——

咳——咳——嗐——

完了，完了，这个死台阶。我，我以为是最后一个台阶。

这是谁设计的，干嘛多整俩台阶，我的腿啊——

你还笑。哎——哟——哎哟——

当然是真的了。

手机还在我手里，要不，我咋给你说话呢。

哎哟——咳——

还是那个地方，呜——呜——

呜——呜——呜呜——

哼——哟——

我要能忍住，还会丢人现眼干号吗？我摸摸……

完了，真完了，还是那个地方断了，还得重新做手术接骨了。你说，我咋这么倒霉呢？

呜呜——呜——呜——就因为这条腿做手术，花光了咱家所有的积蓄，卖了厂，卖了车，女儿从贵族学校

第六辑 诱惑

转到了划片区。那次事故，一下让咱家从小康回到了新中国成立前。我为啥就这么倒霉呢？

好容易还了欠款，才说要你们俩过上好日子，胖妞啊，老婆啊，你跟着我算是倒了八辈子血霉了。祸不单行，祸不单行啊……

你过来有啥用，我不还是这样了。

那你过来吧，别急啊！我不哭了。别打车了，我反正也是这样了，也不差这会儿，骑车慢点。对了，把洗漱用具暖瓶都带上。

还有医疗本，这手术只能再去骨科医院了。

对了，还有，把所有的钱都取出来吧。上次交了多少押金？十万？交了十万押金才答应给做？这不是要命吗？你爸妈那能凑点不？

我知道，那不能动，他们年纪大了，得留点生活费。干脆不做了，残废就残废了，我受够了，我不想再折腾了。

呜——呜——呜呜——

你以为我想这样吗？别，别，你可千万别。好，好，我忍住，我治，我答应治。别哭了，胖妞，只要有人在，就有希望。咱还有闺女不是，要不，闺女咋办，双方的父母咋办……

过奥斯卡影院向右拐，向北一直走，过红绿灯不远，你走到医保站门口就能看见我。

哎——哎——那个谁，说你呢。你不能撞了人就跑啊！

来人啊，抓住那个开奔驰的，他撞了人还想跑。

胖妞，不和你说了，我这有事……

披着狼皮的羊

我要你哭

　　明天在媒体前面,领导如果不哭就显示不出领导的爱民之心,就得不到群众的谅解和支持,就会惹怒上级主管部门,后果就是被追究领导责任,撤职甚至坐牢,毁了后半生。领导必须得哭,还得哭出水平,哭出影响来。

　　领导非要哭。

　　这可忙坏了办公室干部员工。领导如果要员工哭,很简单,给你穿个小鞋,就会让你哭天抢地,甚至痛不欲生。这可是员工让领导哭啊!

　　主任说:"小马,你是领导的秘书,比较了解领导的心理,点子也多,这个艰巨的任务就交给你了,现在就给你放一周的假,把这件事搞定。"

　　我知道接受的前面是陷阱,但我更知道不接受的背后是深渊。

　　我假设了各种场景进行演练。

　　我说:"你可以想想以前的伤心事,男儿有泪不轻弹,只是未到伤心处啊!"

　　领导以前最大的伤心事就是错过了一次又一次扶正的机会,这一等就是七年。这不,两个月前刚从副职提成正职,愉悦心情早就把不快冲散了。嘴角吊上去就没见下来过。

　　"你可以假设伤心事,比如,老父亲刚刚去世了。"

第六辑 诱惑

前任领导死了父亲，前来吊唁的人挤满了胡同，光收的礼金就存了八张卡。那时还是副职的现领导不无感慨地说："在适当的时候死爹是幸福啊！"所以，此时父亲去世应该是他早就期望的事，只是梦想成真罢了。

"小孙把你和他老婆堵在了床上，并扬言要告你，让你身败名裂。"我非常不好意思地提出了此事。

领导提起这事就恼火，堂堂领导竟被一个无名小辈威胁，因事关声誉前程，领导曾害怕过。可小孙现在已经是中层干部了，在领导鞍前马后伺候得不亦乐乎，还时不时给领导到自己家串门创造点机会。

我想到了明天的主题，"你看到遇难者的家属无助的眼神，看到成了孤儿的孩子，看到白发人送黑发人的老人，那个哭天抢地的惨烈……"

出事后这几天，死者家属一直堵着门闹，非要领导给个交代，有的还把死人抬到单位门口。领导对于死者家属已经是深恶痛绝了，甚至牙根都有些痒，更不要谈同情伤心了。

我甚至想到了明天记者采访时,往领导眼里滴眼药水。

我假设了很多方式，都被自己否定了。

我黔驴技穷了。

明天在媒体前面，领导如果不哭就显示不出领导的爱民之心，就得不到群众的谅解和支持，就会惹怒上级主管部门，后果就是被追究领导责任，撤职甚至坐牢，毁了后半生。领导必须得哭，还得哭出水平，哭出影响来。关键是，帮领导完不成哭的任务，我就要下车间，就要从副科级待遇变成一个基层工人。

披着狼皮的羊

夜里，我趴在书桌上苦思冥想，抓耳挠腮，熬干了一灯油，亦无良策。

第二天一上班，领导就要我去他办公室，我知道领导是要我的方案了。看来，我是在劫难逃了。

领导的话却出乎我的意料："情况发生了逆转，这个事故已经隐瞒下来了，并跟政府部门通了气，把这件大事化了。你帮我准备一份材料，把这个事故轻描淡写地汇报一下，也好对上面有个交代。"

高兴之余，我笑出了声。这一笑不打紧，把自己笑醒了。

我多么希望这不是一个梦啊！

望着窗外微微露出的一丝亮光，我想到今天领导在摄像机照相机闪动中的窘相，想到以后又得整天穿着油腻的工作服，想到刚认识的漂亮女友离我而去，想到我前途渺茫。

尽管心酸，我还是坚强地抗住了眼泪。

领导说，小马，你真逗，我高兴还来不及呢，怎么会哭呢？

我抬头一看，发现是二把手领导，原来自己一紧张走错了地方。

可再看周围，没错啊，就是这个办公室。

领导亲切地说，小马，听说你这周请假了，家里没啥事吧，咱们领导出事进去了，我今天开始坐在这个位置，以后还得靠大家多多支持啊！

听了这话，我的眼泪立马就下来了，我送前任领导三万元，让他解决我老婆工作的事，看来是颗粒无收了。

第六辑　诱惑

履历表

职位意向。先填上"所长",又加上"门卫也可以"。这一栏是我填得最满意的,最高职位和最低职位都有了,两者不行,取中间的也可以,这下基本把所里所有的职位都囊括了,我颇为得意。

在人才市场上,求职信递上不到一个星期,一家研究所就给俺回信了。真是"要想混得好,不会编就会叫。"会编就是会写文章,会叫是会说。俺会写文章这点特长这次算是用上了。

俺忘记了这家单位当时是招的什么专业了,只是记得招聘者出了一道题,"1加1等于几?"有人回答等于3,大概他想学习哪个科学家。有人回答等于0,估计是脑筋急转弯看多了。俺是属于少数几个回答等于2的。1加1不等于2等于几?

上班头一天,人力资源部经理给俺一张履历表,让俺据实填写。想到这家是研究所,我填得非常慎重。

姓名。俺身份证上的姓名是"马立坤",笔名"绝地苍狼"在文学界小有名气,爹娘到现在还叫俺的小名"狗蛋"呢。就在这栏填写了"姓名:马立坤;笔名:绝地苍狼;曾用名:狗蛋。"

性别。俺身份证上性别是"男",可现在不能再以器官来判断男女了。俺虽然是男儿身,可俺家把俺从小

披着狼皮的羊

都当女孩养。所以"生理性别：男；心理性别：女。"

年龄。高考时办身份证，户籍警不知怎么把俺的年龄少写了6岁，今年实际年龄已经38岁了，身份证上却只有32岁。大家都说俺面嫩，看着只有25、6岁，俺觉得俺的心理年龄更年轻。如实填写，"实际年龄：38岁；身份证年龄：32岁；表面年龄：26岁；心理年龄：20岁。"

民族。俺家上溯到猴子那一辈的祖先都是汉族。高考时少数民族学生加10分，俺就把自己的民族改成"回族"了。所以，"18岁以前是汉族；18岁以后是回族。"

籍贯。听俺爹说，姓马的都来自战国时期的赵奢，他因为战功卓著，被赵王封为马服君，封地在邯郸，后人都以马为姓。姓马的籍贯都应该在"邯郸"。

出生地。俺出生时哪像现在的条件哪？咱不能含糊，据实填，"老家的炕上"。

成分。填"贫农"。都富农了谁还找工作？也表示俺在知识方面还很贫乏，需要学习进步，这叫谦虚。

家庭成员。家里有老大，是正式注册的，老二、老三虽然没有注册，可人家给俺生有一男一女，属于事实婚姻。实事求是，都得写上。写完俺就后悔了，这不是重婚罪吗？就把"爱人"及以后的家庭成员全部划掉了。又补上了父母的名字，连自己的父母都忘掉，那是不孝。

家庭住址。填"二猴子家隔壁"，俺和二猴子合租房屋好几年了。

毕业院校。俺忘了买那个文凭上面的内容了。考虑了半天，就填个"毕业院校：河南省重庆市政府电脑广播大学"。

所学专业。"灌水专业",这是在网上看到的名词。俺在家时给玉米灌过水,算是有基础,况且人家研究所是搞水利研究的,正好专业对口。

会何种外语及成绩。"外星人语","成绩:优秀。"只有我自己会,谁能听懂啊?也显示了俺与众不同的个性。

职位意向。先填上"所长",又加上"门卫也可以"。这一栏是我填得最满意的,最高职位和最低职位都有了,两者不行,取中间的也可以,这下基本把所里所有的职位都囊括了,我颇为得意。

履历表交上去第二天,人力资源部就通知我去一趟。见履历表上批有:

"所长多了有问题,门卫已用电子的。建议履历去发表,爱往哪去往哪去。"

刚上了一天班就失业了。不过俺不气馁,并且坚信,只要是颗真金,埋到什么地方都会发光的。

第七辑　两袖清风

导读：魏允贞（1542-1606）字懋忠，号见泉，明朝大名府南乐（现河南省南乐县）人。历任荆州府推官，大明监察御史，后因仗言犯上，降为许州判官，又改任南京吏部主事。海瑞敬佩魏允贞刚直不阿的秉性，亲笔书写"直言第一"条幅相赠。因为秉公执法的考功司主事赵南星被贬一事"逆旨"上疏，魏允贞第二次被贬出京城巡抚山西。魏允贞在山西10年，杜绝贿赂，关心农耕，惩治贪官污吏，修筑军事设施，使山西大治。此十篇小小说单独成篇，并相互呼应，记魏允贞巡抚山西间的事。

第七辑　两袖清风

巡抚来了
——魏允贞传奇系列小小说之一

那衙役嗖地蹦了起来,"操你八辈祖宗,瞎眼啦!"抡起哨棒就夯,牵牛的老汉正无措间,牛车上下来一个老嬷嬷,拿出针线,帮那衙役缝好了裤脚,这才作罢。

雨后的初春,三晋大地还没来得及消停一下,就又热闹了起来。

太原官道,人头攒动。

"哐——哐——"几声铜锣响。

"闪开——"威严的清道声彰显了来者的不凡。路旁的柳树也很职业地摇动着枝条,挤出了几分热情。

一群人已经前呼后拥涌了来。

行路的、推车的、挑担的、看热闹的,一下被挤在了狭隘的便道上。人群像一条巨蟒在不安地蠕动着。中间终于留出了丈人宽的通道。

负责维持秩序的衙役们横起哨棒使劲向外推。路边碗口大的柳树最终没能抵挡住蟒蛇的蠕动,随着蟒蛇鳞片的剥落,"咔嚓"一声横尸沟壑。

一辆牛车被挤了个趔趄,车轴上的铆钉撕开了一个衙役的裤脚,那衙役嗖地蹦了起来,"操你八辈祖宗,瞎眼啦!"抡起哨棒就夯,牵牛的老汉正无措间,牛车上下来一个老嬷嬷,拿出针线,帮那衙役缝好了裤脚,

披着狼皮的羊

这才作罢。一只鸡笼被挤散,鸡四下逃窜,游走在人们的头顶和腿间,叫骂声、哭喊声,响成一片。

已经有人看出对面来的是平阳知府。熙熙攘攘的衙役和随从很压抑地从中空的大道穿过,列队整齐,威严肃穆,进而感染了看热闹的人群,也都慢慢寂静下来。

接着,潞安知府和大同知府等都准时到达太原府。此时,天色已晚。

可,新任巡抚却未见踪影。

太原客店一扫平日冷清,早呈张灯结彩热闹喜庆景象,山西众官济济一堂。酒桌上诱人的酒肉香味早已挥挥洒洒溢满了酒楼上下,酒楼隔壁的狗儿们也都把舌头伸出来,不忍让这难得的香气溜走。

各探报复命,无非是未见新任巡抚踪影云云。

众官员脸上开始敞亮起来。

"这两天下雨耽误了巡抚大人的行程。"

"想必是巡抚大人半途路遇不平现场断案了。"

"或许朝廷又收回了任命?"

戌时已过,太原知府张载绪宣布:我等今日欢聚一堂,恭迎新任巡抚魏大人,不想到任延期,如此盛宴,岂可浪费,我们先举起杯,祝他老人家早日到任,也不枉山西民众的期盼。

太原客店的气氛升腾起来,众官员推杯换盏,酒令吆喝声渐起。有自带歌伎乐器者也都大方,喝令现场表演吹奏,你家唱罢我登场,大有相互攀比之气。喝彩声透过客店的窗口漫散出去,为沉闷了很久的太原城添了几分生气。

第七辑　两袖清风

太原客店为新建，茅厕尚未投用。左侧有太原客店一新建配房。房前有空地。有内急者下得楼来，看四周无人，就在房前小解。有一人就有第二、第三……于是，失控的尿渍把房前空地弄得臊气冲天，后面小解的都捏着鼻子。

这时，配房房檐突然多了一盏灯笼。想必是配房里住有人，为小解的人行方便。有细心者发现那灯笼上有字，定睛一看，心里咯噔一下，酒一下醒了大半。

楼上的大小官员一股脑地奔下来，哪管什么污渍尿液，扑扑通通朝着小屋跪了下来。

屋檐下，一盏大红灯笼高高悬起，上写三个大字"巡抚魏"。屋檐下站一老者：五十来岁，着青衫布衣，面色黝黑，长髯盖胸，二目如霜，不怒自威。正是新任山西巡抚魏允贞。

人群中有人忍不住偷眼观看，脸都木了，此人正是上午在官道上赶牛车挂烂一衙役裤脚的老汉。

原来，**魏允贞微服上任**，私访太原城后，天色已晚，欲借宿太原客店，被客店以迎接上级官员不待散客为由拒绝，后经多次请求，被允借宿于太原客店旁尚未完工的配房。魏允贞看当地官员借给自己接风为名，大行奢侈腐化之实，联想一路所见百姓困苦，悲从中来，叹道：是天灾，也是人祸啊！当即吟诗一首，以示惩戒：

食禄乘轩著紫袍，不问民瘼半分毫。

满斟美酒千家血，细切肥肉万姓膏。

烛泪下滴冤泪降，歌声嘹嚎怨声高。

群羊付于豺狼牧，辜负皇恩用尔曹。

披着狼皮的羊

众官皆羞愤交加，无地自容。

这是公元1593年，明万历二十一年的事。

夜半捉鬼
——魏允贞传奇系列小小说之二

走到影壁墙前，魏允贞突然停下了脚步，竖剑扶须，自言自语："明明到了这里，怎么不见了踪影？"随环顾四周正色道："妖孽，我等已将你团团围住，哪有你的逃路，快速速就擒，否则，定叫你无处遁形。"

一路上，魏允贞一言未发。偶尔停下来，走进田野，抓把土，用手碾碎了，用手指来回拨拉，然后又凑近鼻子闻闻。陪同官员都面面相觑，不知魏都堂葫芦里卖的什么药。

明朝称都察院长官为都御史、副都御史、佥都御史，而派遣到外省的总督、巡抚都带有都察院御史衔，也称"都堂"。当地官员称魏允贞为魏都堂，都堂府设在太原。

"坟头尖花开黄灿灿，寡妇上坟哭错了汉。"远处飘来忧伤的小调，略带调侃，一下打破了现场的庄严肃穆，陪同的知府们忍不住笑出了声，当触目都堂大人黝黑威严的面孔，就又绷起了脸。

魏允贞把土扬了起来，那土在微风中先是形成一道

第七辑　两袖清风

屏障，然后就零零散散扑向大地，没了踪影。"田是良田，土是壮土，为何不好好耕种？为何还有这么多人逃荒？为何还有这么多人饿死？"一连串的"为何"问得周围父母官们张口结舌。显然，他们还没有准备好如何回答此类问题。

都堂府前已有一干人等候多时，看都堂大人及陪同官员走近，忙上前恭迎。

都堂府门面虽不大，但华丽庄严，新漆的门楼为这条街平添了一股新鲜气息。

魏允贞打量了半天，突然一把拉住太原知府张载绪："都堂府最新油漆，味道刺鼻，今晚我打算暂居贵府，知府大人肯否？"

张知府喜不自胜，忙作揖打拱："只要都堂大人不嫌陋室寒酸，求之不得，求之不得。"忙起身命手下："赶紧把府里待贵宾的那间上房腾出来，给都堂大人住，另外，让家眷们暂时腾出厢房，给都堂大人的随从住，对了，都堂大人，您的随从在哪里？"

魏允贞轻捻长髯："我身体尚健，行动自如，衣食住行有夫人操劳，何需随从。"

周围官员们都面红耳赤，如蚁入衣，互相窥视。

魏允贞笑着说："我和夫人二人勿需用大房间，只要给我的老伙计找个避风吃料的地方即可，它跟我数载，我视之如家人。"走近牛车，拍了拍老黄牛："老伙计，你受累了。"说罢，他拉住张知府的长袖，环顾周围道："大家都散了吧，魏某初到山西，对当地情况一无所知，现只烦为夫人觅一住处，允贞今晚暂与张知府抵足而眠，

披着狼皮的羊

以请教一二。"

在场的官员们都用复杂的眼光望着张知府，有羡慕，有疑惑。

踟蹰间，魏都堂已拉张知府坐上牛车向街口驶去。

从魏允贞提出暂居张府，到魏允贞洗漱就寝，张载绪的大脑一直在飞速运转。魏允贞先是问了知府家里有几口人，是否都在身边，祖居哪里等家常。张知府却在想：如果魏都堂问起山西的赋税，问起百姓的生活状况，问起边防，他应该如何应对。他早就声闻魏都堂的刚直，他知道魏都堂初到山西，从他这里得到的第一手资料对于新任巡抚来说是多么的重要。但，对于久居山西的官员们来讲更是重要。等他心里有了数，魏允贞已经响起了鼾声。他才松了一口气。

三更刚过，张知府突然从梦中惊醒。他睁开眼定神一瞅，吓了一跳，只见魏都堂手持一把宝剑，已从床上轻脚跳起。那宝剑映着窗缝透进的月光，寒气逼人。张知府激灵一下，睡意全无。魏允贞轻声道，别动，有鬼！

张知府闻听此言，打骨头缝里冒冷气。他在此已任知府三年，从未听闻有鬼魂。今日魏都堂初临太原，竟然有鬼魂骚扰，他正要呼喊家人衙役，魏都堂对他做了个手势，意思是你别出声，也别怕，看我的。

魏允贞叫了声"好怪物，哪里走，看剑！"对着房门一刺，那房门竟然应声而开，吱呀一声，搅得静夜惊天动地。魏允贞挥剑左挑右刺，虎虎生风，人也跳出了门外。此时，张府的家人都惊醒了，打着灯笼，呼喊

第七辑　两袖清风

着,朝后堂涌来。魏允贞也不理会,只管拿了宝剑挥舞了出来。

走到影壁墙前,魏允贞突然停下了脚步,竖剑扶须,自言自语:"明明到了这里,怎么不见了踪影?"随环顾四周正色道:"妖孽,我等已将你团团围住,哪有你的逃路,快速速就擒,否则,定叫你无处遁形。"只说得周围人等面面相觑汗毛倒竖。少顷,他举剑对准半空一刺,大呼"看剑",随着一道白光,那宝剑深深地插进地砖一尺有余。

魏允贞擦了擦汗:"鬼已经被宝剑锁在了地下,尔等立可见到鬼的真面目。"

张知府顾不得穿鞋,光着脚匆忙赶来,一见此形,半天才缓过神来,恭维道:"魏都堂是当今天子钦命巡抚山西,也是上天委派的天罡星,上管神,中管人,下管鬼,不过,自古鬼魂是民间愚弄白丁之言,大人也信么?"

"有没有,立见分晓。"魏允贞自信地说。

"那是,那是。"

魏允贞一把拔起宝剑,令人挖开地砖。大家都惊呆了,只见挖开处有几个油漆大木箱,打开木箱,里面竟然装满了白银。从子时开始,一直到天亮方才清点完毕,白银足足有八千余两。

张知府在旁看得失魂落魄,努力扶住影壁墙,方才没有瘫软在地。

205

披着狼皮的羊

雨中送草
——魏允贞传奇系列小小说之三

魏允贞命人拿过一锭银子:"张大人,这是预付的草钱,你先别推辞,这不是魏某的私人财物,是官银,我还要大量购买,有多少要多少。"

魏允贞任山西巡抚之初,身边未带一个子嗣和家员,只有夫人赵氏相随,其所有的财产就是一头黄牛,一辆破牛车,两箱书,一箱衣物,别无他物。

初到山西,那头牛正当壮年,生得膀大腰圆,浑身披着金缎子一般,犄角铮亮,四蹄赛碗,叫声洪亮如钟,虽为母牛,但有牤牛之风范。其硕键威猛山西罕见。魏允贞对牛像对待自己的孩子,每天傍晚亲自用鬃刷为黄牛刷洗挠痒,还絮絮叨叨陪牛说话。魏允贞平日沉默寡言,但只要和牛在一起,就有说不完的话。这让众官颇有些尴尬,感叹自己在魏都堂眼里还不如一头牛。

太原很反常地一连下了几天雨,雨不大,但却缠绵,五天后竟然也没有停下来的意思,不管是不是河的地方都成了河。牛棚里的草只撑了四天就光了,眼看老牛饿了一天,哞哞直叫,魏允贞看在眼里疼在心上,他拿出自己的口粮给了黄牛。但毕竟不是长久之计。第六天一大早,太原知府张载绪兴冲冲地冒雨赶来了,跟在张知府身后的,是一车鲜草。魏允贞高兴地跟孩子似的,冒

第七辑　两袖清风

着雨拉住张载绪的手,"张大人,你真是及时雨啊,不,是及时草,哈哈……"非拉住张载绪喝一杯。

酒过三巡,魏允贞不停地向窗外张望。隔着淅淅沥沥的雨帘,能隐约看见牛棚里的牛正在大快朵颐如食生猛海鲜。张载绪笑道:"都堂大人如早日告知下官,张某早就送来草料了,想我堂堂太原府,粮食虽匮乏,草却遍地都是,还缺咱都堂大人一头牛的口粮?"

魏允贞命人拿过一锭银子:"张大人,这是预付的草钱,你先别推辞,这不是魏某的私人财物,是官银,我还要大量购买,有多少要多少。"

张载绪拿着银子,感觉手里沉甸甸的,一时不知所措。

五日后,山西各地张贴都堂令,令各州府县以现钱收购茅草,每百斤青草付钱一文。

茅草像一座座山样拔地而起,张知府心里冷笑,即使神仙也有软肋啊!

太原知县张载绪系当朝内阁首辅赵志皋的远房亲戚,且祖上于赵志皋先辈有恩,深受赵志皋尊崇,每京师有官员临晋,赵志皋必嘱托带信慰问。那日张载绪被魏允贞以捉鬼为名挖了赃银,心里如坠巨石,后秘信赵志皋,当然未敢提赃银被充官库一事,却遭到赵志皋训诫,要他小心行事,不得冒犯。张知府方领教魏允贞之威信。

不久,茅草殆尽,收草困难。魏允贞又下告示,每百斤付钱三文,草根百斤付钱五文。山西一时民情沸扬,日夜挖土寻草不止。当年,三晋千里田畴无杂草,

披着狼皮的羊

禾苗旺盛，出现一个丰收年。魏允贞又下令将茅草分类筛选，适合牲畜食用的晒干储存，留作牲畜越冬草料；不适合牲畜食用的，一部分用铡刀切碎填进水坑沤粪，以作为来年耕地底肥，另一部分晒干留给百姓做饭或冬日取暖。

魏允贞眼见山西赤地千里，沃野尽为茅草掩没，百业凋敝，黎民流离失所，三晋地方一片破败，甚是痛心。他经过走访摸底，认为眼下最主要的是解决百姓温饱问题。他从张载绪送草得到启发，决计挖割茅草，奖励垦荒。一切支出从张府挖出的银两中支付。

赵氏回乡
——魏允贞传奇系列小小说之四

他疑惑地将硬物吐在了手心，顿时吓了一跳，那分明是一块金锭。又夹起同样的饺子，剥开，还是金锭。两人扒拉了半天，在其他饺子没发现任何东西，只有中间这一碗饺子里有金锭。

魏夫人赵氏要回南乐老家了。

事情起于一碗饺子。

当地过年过节，祝贺的主要方式，就是改善一下生活。北方的食物大抵没有南方这么丰富多彩：端午吃粽子，春节吃年糕，正月十五吃元宵……山西等中原地带

第七辑　两袖清风

过年过节，改善生活的唯一方式就是吃饺子。端午吃，春节吃，正月十五吃，甚至八月十五也吃饺子。唯一区别的是，除了春节可以吃到荤馅的，其他节日多为素馅饺子，馅料都是应季的蔬菜和野菜。

起初，魏夫人赵氏把从南乐带来的红萝卜籽交给山西老农，广泛种植。红萝卜耐旱，不易生虫害，喜沙地土壤，适宜山西种植，此后连年丰收，既可饱腹，又可健身，地方百姓称之为"红人参"。八月十五，将刚从地里拔出来的胡萝卜在锅里煮了，剁碎，调成饺子馅，佐以花椒大料葱姜蒜，包成饺子，素食能吃出肉的味道。

传统的包饺子方式是将白面团揪成长剂，按照饺子大小用刀切段，擀成薄饼，包上馅即可。

当地百姓敬佩魏夫人的不单是她的平易贤淑，还有她的心灵手巧。魏夫人还独创了另一种包饺子法。

她先将面团像擀面条一样擀成薄饼，接着用刀将面饼拉成三指宽的长条，再截成梯形面饼。在梯形面饼中放入少量馅，将短边向长边折起，捏紧将馅包实，然后再将左右边合拢捏实。因其壮似展翅欲飞的燕子，魏夫人管这种饺子叫燕饺。煮熟后直接吃，蘸料吃，或者炖汤吃均可。

后来人们发现，燕饺的包法新颖，还有诸多的好处，比如用的馅少。来了尊贵客人，家里肉不多，如包燕饺，即使主人有面子，又能使主人不至于因肉少而尴尬。

按照当地风俗，八月十五和春节，邻里和本家之间

披着狼皮的羊

要互送饺子，一是相互品尝饺子的味道；二是彼此交流下感情，日常有矛盾隔阂的，送了饺子就和好如初。饺子皮或玉米面或白面，饺子馅或素或荤，但各家都会尽其所能，拿最好吃的饺子送给邻里本家，且不会相互攀比计较。

魏夫人每到这两个节日，就拿出自家平时舍不得吃的白面，有时手头宽裕时还会包肉饺子，送给四邻八舍，或者给其他稍远些的人家还礼。

今年大年三十傍晚，魏夫人像往常一样给邻家送去了最后一碗饺子，才长喘了一口气。面对东一碗，西一筐东邻西舍送的各式各样的饺子，魏允贞难得开了一回玩笑："夫人，把饺子吃完才是对乡亲们最好的报答。"说完，夹起一个饺子放进嘴里，"嗯嗯，味道不错，这一定是四喜家的，他家喜欢包韭菜馅！来，夫人，你喜欢吃韭菜馅，多吃点。"

又夹起另一个，放进嘴里，牙却被硌了一下，魏允贞痛苦地吸溜下嘴："嗯？运气不错，吃到铜钱了。"当地有风俗，在过年包饺子时喜欢在几个饺子里放一枚"万历通宝"，谁能吃到带铜钱的，预示着会有好运气。

他疑惑地将硬物吐在了手心，顿时吓了一跳，那分明是一块金锭。又夹起同样的饺子，剥开，还是金锭。两人扒拉了半天，在其他饺子没发现任何东西，只有中间这一碗饺子里有金锭。收齐了用手掂掂，足有二十余两。两人面对突降的意外之财，面面相觑，手中的筷子腾在半空，竟然无所适从。

第七辑　两袖清风

初一，东方刚露出微白，魏夫人一觉醒来，发现魏允贞坐在身边，虽然微闭着双眼，但明显能看出，他一夜未眠。

"见泉，怎么了？还在想昨日金锭之事么？"

"夫人，你过了初五还是回南乐吧。"

夫人一听，泪立马就下来了。他知道魏允贞一旦说出来，就意味着他已经决定，且不会更改了。

"家母去世早，二弟允中，三弟允孚都在外地为官，现家父年事已高，你应替我为父尽孝才是。"

"可那金锭并非我等索取，况且会充公……"

"咳！此事让我不安的是，钻营之人竟然无孔不入，有了第一次，就会有第二次，第三次；有了这种方式，就会有其他方式，防不胜防！你此次回乡，一是为父尽孝，二是可断了地方官员行贿的一条门路。"

魏夫人陪夫伴读，到京师多年，一直受允贞熏陶，识大体顾大局，从未营私。到山西后，不但从老家带来粮菜新品种，提高了当地农作物产量，还自带纺车，集合妇女，亲自教导纺花织布。劝民耕织，以图自给。

就在魏允贞巡抚山西的第四个年头，陪伴在魏允贞身边唯一的亲人魏夫人赵氏回到了南乐老家，一直到魏允贞离任。

魏夫人走的那天，当地百姓得到消息，把太原城堵了个水泄不通，力求挽留，最终未果，只好洒泪挥别。

披着狼皮的羊

中秋夜话
——魏允贞传奇系列小小说之五

坐在靠近门口的张载绪起身,随手抓起一根笤帚欲打,魏允贞伸手制止了。魏允贞深刻地说,我等一干人等,即使不持宝剑器械,凭堂堂之躯,也可以让这条狗不能得逞。可我等并没有起身制止,任由其行动,以致其偷窃成功。

山西百姓毫无悬念地迎来了第四个丰收年,秋粮刚入仓,中秋节就要到了。

太原知府张载绪想,魏夫人年后刚走,魏都堂一人在山西过节,必定孤单,就备了酒肉、饺子等来到都堂府。这一来不打紧,他发现,山西的知府们竟然和他的想法一致,都陆陆续续赶了来。

魏允贞亲自烧了一大壶燕麦茶,给每人斟了一杯,然后又拿出夫人托人从老家带的月饼,送给每人品尝。月饼是魏夫人亲自做的,有苹果馅、砂糖馅、鸭蛋馅。大家每人掰了一块,都赞不绝口。待魏允贞再送时,众官员们却再也不肯吃了。

魏允贞微笑道:"我明白大家的心思,一则出于礼节;二则此乃夫人对允贞的一片心意,大家不忍夺人之爱;三则大家素知魏某艰苦,不忍将吾口粮消耗殆尽。"

"是啊!魏都堂身为朝廷二品大员尚如此拮据,我等自不待言,县官一级恐怕连锅都难以揭开了。"

第七辑　两袖清风

"按我朝官俸,一品大员每年一千又五十五石米,以此递减,正七品知县每年只有九十石米,折合一个月只有七、八石米,知县全靠这些俸禄养活全家人和府院公差等手下。"

"天朝一年收缴大量税赋,加上国库积蓄,如为我等增加俸禄,应不是难事,我等无须再为家人及手下衣食为虑,也好全心投入公务,于公于己,均大有裨益。"

"贪官污吏也就不会臆想歪门邪道,误入歧途了。"

"所以对于贪腐,我们真是既痛恨又同情,眼下情形,确有逼良为娼之势。"

提起官员贪腐,话就收不住了。

魏允贞说:"太祖自开创明朝江山以来,做了两件意义长远的大事,一是对官俸大幅削减,二是极力整治贪腐。官俸不复赘言,单说惩办贪腐,贪污60两银子以上者,立杀!对贪腐者处以鞭死、凌迟、剥皮、阉割、挖膝盖等极刑,既惩治了贪腐者,又警戒了其他官员,惩戒力度可以说是空前绝后。此其一。

"其二,我为官者等熟读四书五经,深谙儒、道、法,详知仁、义、礼、智、信,不可谓境界不高,修为不够。

"其三,当朝设吏、户、礼、兵、刑、工六部,各部各司其职,各行其责,又相互牵制,互相监督。太祖皇帝在各布政司均设"三司":承宣布政使司,职掌地方民财两政;提刑按察使司,职掌地方司法刑狱;都指挥使司,职掌地方军事防务,三职互不统属,各自直属朝廷。朝廷设都察院,不但监督六部,同时监察检举各级官吏,机构设置不可谓不严密。

披着狼皮的羊

"其四，我等朝廷命官，要养活父母妻子，维持衙门上下，俸禄虽然偏低，正如诸位所言，但维持现状足够。如我，现身体尚健，事可亲为，无须家人服侍，如若讲排场，撑场面，再加三倍也是杯水车薪。"

魏允贞掐指一算，大明自洪武建朝以来，至今已近240年，刑律不可谓不严，官员修为不可谓不高，机构设置不可谓不密，官员俸禄不可谓不够，但每朝贪腐官员为何依然前仆后继层出不穷，个中原因值得深思。

前朝内阁首辅大学士严嵩，善于揣测先帝的心思。其子严世蕃更是青出于蓝而胜于蓝，能从先帝含糊的谕旨中一目了然，代父应答无一不适应先帝之意。以至于世宗皇帝不能一日无严嵩，严嵩不能一日无其子。大明虽设吏、户、礼、兵、刑、工六部，却任由内阁首辅调遣，一人之下万人之上，权倾朝野。太祖曾在宫门三尺高碑上镌刻碑文"内监不得干预朝事，犯者斩！"现宦官依仗皇帝恩宠不但参政，简直为所欲为，成何体统！

说话间，一条狗旁若无人地溜进门，径直走向靠门里的一张矮桌，将桌上馍筐里放着的一块馒头叼走了。

坐在靠近门口的张载绪起身，随手抓起一根笤帚欲打，魏允贞伸手制止了。魏允贞深刻地说，我等一干人等，即使不持宝剑器械，凭堂堂之躯，也可以让这条狗不能得逞。可我等并没有起身制止，任由其行动，以致其偷窃成功。道理相同，我朝咽喉职位缺乏的正是此类监督，使人的权力不受限制，任其所为。

大明兴起于法治，衰于人治。人治大于法治，以至于此。

此时，不远处已有公鸡开始打鸣，天边吐出微白。

众官员毫无倦意。魏允贞吹灭油灯，推开格窗，深吸了口气说，我三晋黎民能否看到曙光，就在你我了。

枣林官司
——魏允贞传奇系列小小说之六

按说，说书的可以把一个故事说几十遍，甚至靠一个精彩的故事吃一辈子。追随者却感觉到了张瞎子的不同，他讲的故事是一样的，但主人公却换了。问张瞎子何故，张瞎子微微一笑，我明天还可以换成王大人。

魏允贞借中秋节与山西各知府谈论分析大明腐败堕落之根源，得各级官员认同，随即在山西进行了制度法令改革。对重大事项实行了会审制，彰显集体智慧，防止权力集中营私舞弊；对于作奸犯科贪污受贿者，按期限自查并主动退赃交代，既往不咎，给以改过自新的机会；各州府官员任职期限为三年，各县官员任职期限为五年，到期报请吏部停职更换，或者轮换，以防一任官员长期在一地形成勾结关系影响政务；对于贪赃枉法，结党营私，鱼肉百姓执迷不悟不思悔改者一律查办……

魏允贞不徇私情以身作则，使得官风纯正，百姓安居，官爱民，民拥官，上下一心，山西大治，在明后期各布政司中独树一帜。

披着狼皮的羊

万历二十八年腊月，期盼了三百多天的一场雪像是老天爷施舍般地飘落下来，三晋大地黄土地上一忽儿银装素裹，山河不分阴阳高低浑然一体。

腊月二十四是小年，太行山下，太谷县村西十字路口。说书人张瞎子正口若悬河。

唱：魏都堂移步枣树旁，和颜悦色论家常，我知老伙计你功劳大，几十年结果养四方。黎民本是血肉躯，哺育之恩怎能忘？而如今你倚老卖老居功傲，私匿枣果为哪桩？莫非浸受当世不正风，不愿奉献图报偿？本堂念你功劳重，不究你私自把枣藏。知错就改方君子，执迷不悟实不当，尔若知错就改正，我代百姓叩拜上。

白：各位看官，那老枣树本是一棵树，千百年来我等见过死人答言，也从未听说枣树开腔。

唱：老枣树沉默把言箴，气坏了巡抚魏大人，他疾步走向案桌旁，顺手抓起令牌一根。本堂费舌好话说尽，没得到老树一声允，不念冷风寒彻骨，也念老夫花甲人。罢罢罢，你无情来我无义，不动大刑我不解恨，左右与我拿下它，严加审问要追根。只见那皮鞭嗖嗖树皮飞，刀光闪闪道道痕，一树打罢换一树，枣林挨遍才过瘾。

白：那位说了，咱说的不是《天仙配》，老枣树不结枣，打它就听话了吗？诸位莫急，且听我慢慢道来。

唱：春风送暖燕子钻，大地复苏春雨绵，老枝剥去少羁绊，枣树们才得新枝展。枣花飘香引蜂蝶，枝头挂满枣串串，八月十五喜丰收，黎民百姓笑开颜。这正是：老枣树遭遇老经验，死脑筋碰见死难缠，魏都堂定下巧计策，造福黎民书新篇。

第七辑　两袖清风

腊月二十七是当地庙会，沁水河边，某戏院。说书人张瞎子正眉飞色舞。

唱：张知府移步枣树旁，和颜悦色论家常，我知老伙计你功劳大，几十年结果养四方。黎民本是血肉躯，哺育之恩怎能忘？而如今你倚老卖老居功傲，私匿枣果为哪桩？莫非浸受当世不正风，不愿奉献图报偿？本县念你功劳重，不究你私自把枣藏。知错就改方君子，执迷不悟实不当，尔若知错就改正，我代百姓叩拜上。

白：各位看官，那老枣树本是一棵树，千百年来我等见过死人答言，也从未听说枣树开腔。

唱：老枣树沉默把言箴，气坏了知府张大人，他疾步走向案桌旁，顺手抓起令牌一根。本县费舌好话说尽，没得到老树一声允，不念冷风寒彻骨，也念老夫花甲人。罢罢罢，你无情来我无义，不动大刑我不解恨，左右与我拿下它，严加审问要追根。只见那皮鞭嗖嗖树皮飞，刀光闪闪道道痕，一树打罢换一树，枣林挨遍才过瘾。

白：那位说了，咱说的不是《天仙配》，老枣树不结枣，打它就听话了吗？诸位莫急，且听我慢慢道来。

唱：春风送暖燕子钻，大地复苏春雨绵，老枝剥去少羁绊，枣树们才得新枝展。枣花飘香引蜂蝶，枝头挂满枣串串，八月十五喜丰收，黎民百姓笑开颜。这正是：老枣树遭遇老经验，死脑筋碰见死难缠，张知府定下巧计策，造福黎民书新篇。

宁可七天不啃馒头，不能三日无张瞎子的书。这是大半拉山西百姓对张瞎子的评价。有追随者从太行山下追到沁水河边，就这一部《枣林官司》连听了两遍依然

披着狼皮的羊

意犹未尽。按说，说书的甚少可以把一个故事说几十遍，甚至靠一个精彩的故事吃一辈子。追随者却感觉到了张瞎子的不同，他讲的故事是一样的，但主人公却换了。问张瞎子何故，张瞎子微微一笑，我明天还可以换成王大人。

后有好事者将此事禀告了魏允贞，并追问究竟。魏允贞却微笑不语。

地方修志欲将此事收入事迹录，魏允贞摆手制止：此并非百姓愚钝，我等聪慧，而是此地封闭，人不闻世外事。让百姓互通有无，传递农耕技术，增加农林牧渔产量，使百姓丰衣足食，此正是我等当官为民之要务。